m

阅读之前 没有真相

午 夜 文 库

诡计策划师

[日] 片冈翔 著
周煜 译

NEWSTAR PRESS
新｜星｜出｜版｜社

我会将那起事件，打造成本格推理。

登场人物

流镝马光彦　　侦探。
鹿岛英介　　　模特。
绫濑琴美　　　艺术总监。
户田萨拉　　　主妇。
鱼住努　　　　厨师。
松影纪之　　　爬行动物饲养员。
小浜绢惠　　　于十年前去世。

凤亚我叉　　　推理小说作家。于十五年前去世。

凤春磨　　　　亚我叉的长子。
凤弥生　　　　春磨的妻子。亚我叉的前责任编辑。
　　　　　　　于五年前去世。

凤夏妃　　　　亚我叉的长女。凤文艺社社长。
凤广海　　　　夏妃的丈夫。凤文艺社副社长。
凤琉夏　　　　夏妃和前夫的儿子。高中生。

凤秋罗　　　　亚我叉的次子。凤凰馆馆长。

凤红叶　　秋罗的妻子。
凤魅子　　秋罗与红叶的女儿。初中生。

凤白雪　　亚我叉的次女。职业不详。

羽贺エ　　凤凰馆的管家。
右田花子　凤凰馆的女仆长。

音更冈　　凤凰馆的女仆。理想是成为侦探。

豸　　　　诡计策划师。

杀人事件，谜团，名侦探。
在我所热爱的本格推理中，这三大要素必不可少。

——凤亚我叉

选自《凤凰的肖像》

1

今年八月十三日。深红之馆内鲜血将倾注而下。
原三鹰大学本格推理研究会的各位，
请聚集到凤凰留下的第三馆内。
顶级的谋杀之谜游戏盛宴，还请尽兴。

流镝马光彦收到来历不明的邀请函已是半年前的事了。

八月十三日是流镝马大一时创建本格推理研究会的纪念日。此后，同样热爱推理的伙伴们在研究会内同甘共苦。研究会于大四那年夏天解散。在那之后，他们便明显变得疏远，毕业十年从未相聚过。

其他人各自走上与推理毫无关联的道路，唯有流镝马就职于市内的侦探社，并于两年前独立成立了自己的侦探事务所。

因为从小就向往着本格推理故事中登场的侦探，成立事务所可以说令他梦想成真。然而，理想与现实相去甚远，他收到的尽是枯燥无趣的调查委托。工作繁忙但收入寥寥，他的生活已经处于穷忙状态。明明是因为喜欢本格推理才从事这份工作的，但这数年来，他连看书都难以如愿——热门的谋杀之谜游戏更是未曾体验过。

谋杀之谜游戏指的是体验本格推理的游戏。其主流形式是桌游，近年来又发展出到店游玩、大规模活动和线上联机等多样化玩法，也被称为剧本杀，现在十分流行。游戏规则多种多样，但普遍玩法是先由主持人分发角色卡，玩家在自由演绎角色的同时推理寻找凶手。

流镝马收到的邀请函也不例外地附上了写着指示的角色卡。

您是侦探。请在带领大家进行推理的同时，确保不出现人员变动。

既然没有寄信人的名字，就说明主办人可能会假装收到邀请函也来参加游戏，应该也是因此才指名流镝马为干事。虽然麻烦得很，但好歹角色与本职一样是侦探。对推理的爱久违地翻涌起来，流镝马兴高采烈地联系了所有成员。

凭借得天独厚的外貌条件从学生时代开始从事模特工作的鹿岛英介。

活用出众的审美能力，在大型广告公司担任艺术总监的绫濑琴美。

同著名花卉艺术家结婚，过着名流般生活的户田萨拉。

将从父母那边接手的小饭馆改头换面，开了家专营鲣鱼料理餐厅的鱼住努。

身为爬行动物饲养员，业界有名的松影纪之。

是谁策划了这场游戏呢？按理来说，应该是之前就热衷此类活动的鹿岛吧。但是执行力很强的鱼住也很可疑。从对推理的爱来看，也可能是琴美或者松影。

流镝马下意识地思考了起来，但立刻发觉是在做无用功。

他该考虑的是接下来要进行的剧本杀的凶手，而不是主办人。

"到了。"

鱼住停下车，流镝马才回过神来。

大家一边发出感叹声一边走下车。流镝马稍迟一步，脚刚踏到外面便被眼前的景象吸引住了。

在一片绿色的山林中，鲜红的围墙格外显眼。再向前走去，便能看见同样被涂成鲜红色的巨大铁门，依稀可见铺满红色砖瓦的通道。

所有建筑都是红色的平房构造，在那中心处有一座细长的塔楼直指云天，状似平放着的天狗面具。

这里是推理狂热爱好者心驰神往的场馆。天狗馆在已故的推理帝王——凤亚我叉的畅销书《天狗馆杀人事件》中登场，而后又根据小说被复原建造出来。

流镝马对这幅异样的光景看得入了迷。虽然他曾多次见过天狗馆的照片，但平面影像与其现实中的模样还是大有出入。目睹原本只存在于幻想中的建筑，令流镝马难以抑制兴奋之情。

鱼住将休旅车停靠在围墙边，一片寂静的山林中响起了令人不悦的刹车声。

鹿岛二话不说便打开大门，众人向围墙内走去。

"哇……好漂亮啊……"琴美感叹地说道。

萨拉却有些惊讶。"欸，哪里漂亮了？也太阴森了吧。我们要在这儿住一晚吗？我已经想走了。"

"说什么傻话？一般来说可是进都进不来的啊。"鹿岛说道。

松影也附和着："是啊。"众人一齐向前走去。

"干什么呢？"

从车上下来的鱼住拍了拍流镝马的肩膀，后者才终于迈进大门。

面积四个网球场一样大的土地上没有花草生长，只覆盖着煞风景的红土。环绕四周的围墙高度应该在四米以上，如城墙一般将天狗馆与外界隔绝。

鹿岛迅速在鲜红的大门前站定，门把手上悬挂着一个密码箱。他伸手拨动密码箱的拨号盘。

"你知道密码？"琴美问道。

鹿岛说："邀请函上写了啊。"随后他打开了密码箱。

看来大家都各司其职。鹿岛将密码箱中的钥匙插进锁孔，轻易地打开了场馆大门。片刻前还在七嘴八舌地聊天的一行人，同时屏住了呼吸。

墙壁、地板、天花板，无一不是红色的。

虽已有预想，但眼前还是超越想象的、如异世界一般的光景。众人仿佛被吸引般走进客厅。地板变成了红色绒毯，不光是桌椅、沙发等家具，连窗帘、吊灯等装饰品也全是红色的。

红色、鲜红色、朱红色、深红色……微妙地略有不同的色调渐变，既美丽，又带有几分疯狂。

墙上像潜水艇一样等间隔地排列着几扇圆窗，而圆窗上也嵌着红色的玻璃。看着窗外染上血色一般的景色，流镝马回想起小说中的内容。

《天狗馆杀人事件》中使用了让人误以为躺在外面的受害者正在流血的诡计。虽然读小说时以虚构为前提读得很开心，但当实物就在眼前时，他才明白那是真的可以实现的诡计。

客厅正面有一扇壮观的铁门，打开时馆内回荡着巨大的响声。

铁门后也是不言而喻的红色光景。圆形走廊的中心处有一座小型旋转楼梯，流镝马放下背包便开始向上走去。

"说不定会挺好玩的。"萨拉如孩童般大声说道。

众人仿佛追赶着流镝马一般，一同往上跑去。

高度大概有五层楼那么高，流镝马心想。他们小跑着来到楼梯尽头，顶端是一个平平无奇的圆形小房间。明明没有放置任何物品，但仅容纳六个人就显得十分拥挤。墙上东西南北各有一个圆形窗户，向外便能看见山林。夕阳西下，再加上这窗玻璃也是红色的，众人眼前一片暗红。

"那是什么？"琴美出声问道。

流镝马凑到她身边，从窗户向外看去，发现围墙内侧有一道蠢蠢欲动的黑影。

"什么啊？"

流镝马跑下旋转楼梯。其他人也紧跟其后，从客厅的圆窗一同向外看去。

黑色的不明物体向这边跑了过来，巨大的躯体猛撞上窗户，墙壁都为之颤动。仿佛要让窗玻璃破裂一般的强大冲击让众人僵在原地。

是熊。

虽然透过红色玻璃无法看清，但那副毛茸茸的巨大躯体只能是熊了。有一头巨大的棕熊进入了围墙内。

"话说回来，好像的确有个'熊出没请注意'的告示牌。"琴美略显不安地说道。

"但是以那个围墙的高度，门也关上了，那熊是怎么……"

听鱼住这么说，鹿岛回答道："你的车啊。"

鱼住把车停在了围墙边。鹿岛的意思是，棕熊可能是踩着车跨过围墙的。

"那岂不是完蛋了？也就是说，现在那头熊也出不去了对吧？"萨拉慌张起来。

琴美拿出手机。"嗯？怎么没有信号？"

"欸？！"

"明明刚才还有的。"

琴美和萨拉按着手机，尝试能否打通电话。

"是信号干扰吧。"鹿岛喃喃道。

"啊？为什么？"萨拉大喊起来。她再看向窗外时，棕熊的身影已经消失。听到玄关处传来一阵刺耳的声音，流镝马便立刻跑了过去。他从猫眼向外看，发现棕熊就在眼前。

是用爪子扒着门吧，流镝马心想。令人不快的嘎吱嘎吱声煽动着紧张的气氛。

"下了不少功夫啊。真是最棒的剧本杀。"松影在后方笑着说道。

"事到如今，你还只当这是场游戏吗？"萨拉浑身发抖地说着。

流镝马转过身，一脸平静地说道："唉，逃不出去，也喊不了救援。这可是完美的暴风雪山庄模式。"

众人面面相觑，焦躁却渐渐转变为兴奋。

暴风雪山庄模式是指某地由于某种原因与外界隔绝的情况，例如暴风雨中的孤岛或暴风雪中的山庄。在这种情况下发生杀人事件的话，没有退路，也无法寻求帮助。因为凶手必定留在现场，所以会加快悬疑剧情的发展。这可以说是本格推理的基本设定之一。

最初心神不安的萨拉和琴美貌似渐渐开始享受剧本杀了。

天狗馆平面图

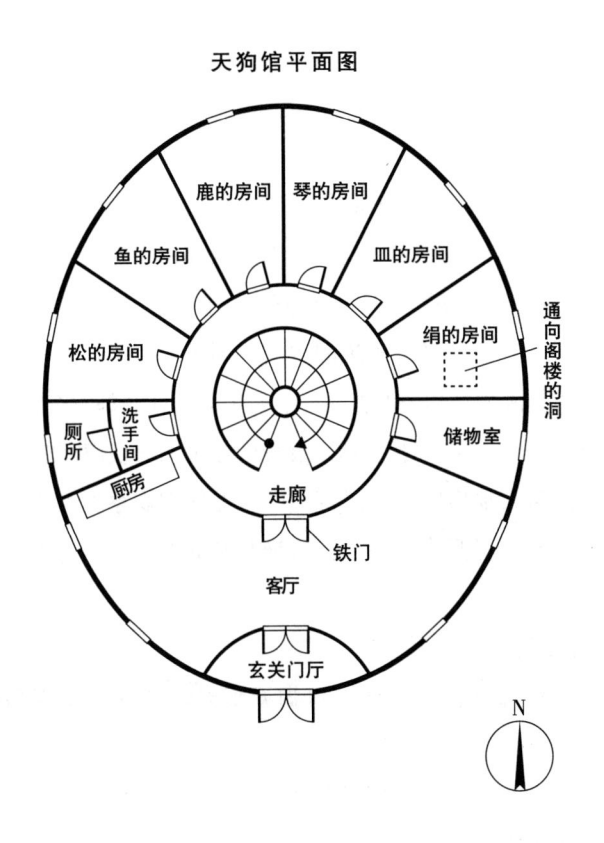

- 鹿的房间
- 琴的房间
- 鱼的房间
- 皿的房间
- 松的房间
- 绢的房间
- 通向阁楼的洞
- 厕所
- 洗手间
- 厨房
- 储物室
- 走廊
- 铁门
- 客厅
- 玄关门厅

N

一行人片刻不停地拿着行李走向房间。

六个房间环绕在天狗馆的北面。

房间内部构造完全相同，都是带有一扇红色圆窗的红色房间。窗户的规格与客厅一致，是棕熊即使打破玻璃也无法塞进头部的大小。这同时意味着，流镝马一行人也只能从玄关出去。

每个房间的家具、寝具还有装饰品都是统一的红色，但是房间内各有一个不同的物品。

最西边的房间里放置着一盆松树盆栽，隔壁房间的墙上则有一份十分精美的鱼拓本。旁边的房间挂着一个鹿头标本，隔壁房间的则是一个小型竖琴，而隔壁的隔壁装饰着九谷瓷的器皿。

"所以这里是我的房间？"萨拉[①]一边摸着色彩鲜艳的器皿一边说道，其他人也表示赞同。因为全部都是与各自名字相关的物品，看来休息的房间是早就安排好的。

最后一行人走进最东边的房间，理所当然地认为房间中应该摆放着与流镝马相关的物品。然而房间内什么都没有。

"这是……"琴美指着床上叠好的红色毛毯轻声开口。

虽然与其他房间一样是红色的，但仔细观察便会发现，这个毛毯更有光泽且布料不同。流镝马拿起标签确认，上面写着绢布。

"什么啊？"鱼住问道。

流镝马却不作声。连随口糊弄都无法做到，流镝马低下了头。

"是绢吗……"仿佛察觉到什么似的，鹿岛开口说道。

流镝马轻轻点了点头。

"所以，这里是绢惠的房间？"萨拉像是说漏了嘴一般。

流镝马接了一句"也是啊"，便望向远方。

小浜绢惠曾是同样热爱着本格推理的伙伴中的一员。

但她已不在人世。十年前，大学四年级的夏天，她从中央线的站台跌落，去世了——正是在与这六人相聚时发生的意外。

这件事便是原本每日都聚在一起的伙伴们变得疏远了的

[①]日语中"萨拉"（サラ）与"皿"（皿）同音。

原因。

众人都回想起绢惠，神情低落下来。

这时，头顶沙沙作响，一个黑色影子从众人上方飞过。

黑影以一种怪异的姿态贴着天花板飞行，在即将撞到墙壁时忽然改变了方向。

是蝙蝠。

琴美和萨拉尖叫着跑出房间。

流镝马抬头，发现天花板上有一个大洞。

鱼住跑去储物室拿来梯子。流镝马向他道了谢，打开手机的手电筒，单手举着手机，向洞内探头看去。上面是覆盖整个馆的阁楼，十分宽阔。黑暗之中有几只蝙蝠正蠢蠢欲动。

"看来是在阁楼里筑了巢啊。"

流镝马从梯子上下来，换成鱼住上去看。

"所以蝙蝠也是主办人准备的吗？"

"连棕熊都能带来的话，蝙蝠也不在话下吧。但也有可能是因为这里原本就有蝙蝠，所以才没把这间房间安排给我。"流镝马冷静地开口说道。

鹿岛则轻含笑意。"棕熊加蝙蝠，真是疯了啊。"

流镝马转头看向松影，松影却不像看见棕熊时一样脸上带笑，他死死地盯着那条绢布毛毯。

"话说回来，那我要睡在哪里呢？"流镝马为了打破僵局，轻快地叹气道。

鹿岛一听便一脸得意地看向他。"你是睡客厅吧。没看见书架吗？"

流镝马赶紧回到客厅，扫视书架。书架上放着一个马形状的书立。

流镝马不甘地在沙发上坐下。

从学生时代开始就是这样。比起全身心朝着侦探目标前进的自己，反而是身为模特、貌似只是为了消磨时间而加入推理研究会的鹿岛更能注意到每一个细节。

流镝马也曾怀疑过自己是否具有成为侦探的天赋。自己与成员们变得疏远，真的只是因为绢惠的那场事故吗？这样的想法忽然掠过他的脑海。

夜幕降临时，鱼住做了拿手的鲣鱼料理。据他本人所言，他是全日本对鲣鱼干最讲究的。那绝非虚言，每一道菜都好吃得无可挑剔。众人边喝着带来的酒边聊天，气氛也自然地热烈起来。

鹿岛对在广告业第一线工作的琴美推销自己道："起用起用我呗。"虽然模特行业看上去光鲜亮丽，但鹿岛似乎正因工作减少而焦虑。琴美反而忙碌过头，今明两天是久违两个月的假日。她羡慕悠闲自得的名流萨拉，但萨拉正因丈夫的外遇而烦恼。鱼住似乎也正苦恼于两年前开业的店铺的客流量，连将兴趣爱好作为工作的松影也叹息着自己不稳定的收入。

从旁观者的角度来看，几人正在各自的工作岗位上活跃，看上去正走着轻松快乐的人生路。但大家各有各的苦衷。当然，流镝马也是其中之一——不如说是个中代表。大家互诉衷肠，怀念着往日的好时光。

松影拿出随身带来的蜥蜴给它喂食面包虫时，琴美和萨拉满脸惊愕。这幅光景也与十年前无差。

流镝马脑海中浮现出的隔阂转瞬即逝。果然，共同度过青春时代的伙伴是无可替代的。相互约定从此以后每年都聚集一次后,众人再度干杯。

所有人按照顺序洗完澡,时间已过零点。

话说回来,棕熊现在怎么样了呢?

窗外什么也看不见。流镝马从玄关的猫眼向外看去,发现棕熊在大门前缩成一团,好像在睡觉。流镝马回到客厅,发现鱼住也在沙发上睡着了。

回想起来,这里是飞䭾①的深山之中。毕竟鱼住独自一人从新宿开始,驾驶五个小时以上,累得睡倒在沙发上也不无道理。就连只是坐在后座的流镝马都感觉十分疲倦。

就这么干等着,剧本杀也不会有任何进展,于是流镝马选择去休息。

"晚安。"

目送其他人离开客厅后,流镝马关上铁门。他将四处散落的桌椅摆好,洗净餐具,将房间粗略收拾一番后,倒在沙发里,将自己裹在绢布毛毯中。

但他无法入眠。

明明身体已极度疲倦,肾上腺素却好像在不断分泌。毕竟接下来将要进行动真格的剧本杀,兴奋是无法避免的。

流镝马干脆放弃尝试入睡,将毛毯叠好。

他四处寻找水果刀,打算吃些萨拉带来的高级杧果,但哪儿也找不到晚餐时还用过的水果刀。流镝马别无他法,只好借用鱼住带来的锋利菜刀。

杧果的清甜在流镝马口中散开。虽说和大家一起吵吵闹闹很不错,但这样一个人清静地度过夜晚倒也不是件坏事。更何

---

① 飞䭾市,位于岐阜县。

况，好不容易来到天狗馆，不好好享受的话就太可惜了。流镝马起身打算到塔顶小酌一杯，拿起了鹿岛带来的日本酒。然而，伸手触摸到铁门的瞬间，流镝马停下了脚步。

推开这个铁门，会有巨大的响声响彻馆内。想到那肯定会吵醒大家，流镝马便放弃了。

"啊——！"

听到女性的叫喊声，流镝马差点儿失手摔坏玻璃杯。

他看向时钟，已经快要凌晨两点了。

剧本杀终于正式开始。流镝马迅速推开铁门奔向走廊，其他人也各自从房间里冲了出来。既然萨拉还在，那么发出叫声的应该是琴美。众人正要冲进琴美的房间时，她却跑了出来。

"发生什么事了?!"

"那个！在被子上面！"

众人向房间内看去，发现蜥蜴正在床上爬来爬去。

"喂，松影，管好你的蜥蜴啊。"流镝马愕然回头说道，却发现唯独没有松影的身影。

"松影？"

鹿岛敲响松影的房门。没有回应。流镝马试着拧动门把手，发现房间并没有上锁。他毫不犹豫地打开房门，冲进房间。

松影并不在房间内。

"是在那边吧。"

鹿岛跑了起来。他跑向的是有蝙蝠的空房间，流镝马却冲上了旋转楼梯。

如果有什么事件发生的话，应该会发生在作为天狗馆象征的塔里。

他的预测准确命中了。

松影趴在塔顶的小房间内,地板上血迹蔓延。

看来扮演被害者角色的是松影。虽说应该只是在装死,但流镝马认真的表情没有一丝动摇。等到大家都赶来时,他认真地说道:"所有人都不许动。"

众人纷纷照办,鹿岛却扬起嘴角。看着他的表情,萨拉似乎也想起现在是在进行剧本杀,脸上泛起淡淡的笑意。琴美和鱼住也按捺着兴奋,盯着松影。

流镝马从口袋里掏出手套,一边戴上一边慢慢地靠近松影。

他蹲下来仔细观察那张脸。松影的双眼瞪得大大的,仿佛被恐怖吞噬了一般。真是精彩的演技。即使明白这是游戏,也让人不由得心跳加速。

流镝马扶着松影的肩膀,将他的身体拉起来,血液从松影的胸口不断冒出。

应该是用了泵头之类的机关吧。真精妙啊。

流镝马解开松影身上的睡衣纽扣后,愣在原地。

松影的胸口上有一道怪异的刺伤刀口,血液正从那伤口中不断涌出。

"松、松影……"流镝马出声喊道。

但松影连眼皮都没有颤动一下,只是浑身僵直地盯着某一个点。流镝马把耳朵贴到松影嘴边,连一点儿呼吸声都没听见。

"松影!"

流镝马下意识地摇晃起松影的身体。松影的脖子一歪,脑袋无力地垂了下来。

流镝马倒吸一口冷气。

他吓得后退一步。

松影是真的死了。

鹿岛连忙凑近确认情况。

"真的假的……"

鱼住仰倒在地，萨拉尖叫起来，琴美也浑身颤抖。

"这是怎么回事？"

明明以为这只是游戏……

或许所有人都有着同样的想法，但谁也没说出口。

鹿岛沉默地掏出手机，开始对现场进行拍照记录。看着他那冷静的行动，流镝马也受到鼓舞，开始拍照记录尸体的状态细节，与鹿岛一起进行现场调查。

由于房间内空无一物，无法确认是否发生了争执。

尸体外伤只有胸口的一处刺伤，伤口不大。凶器无处可寻。

"必定是他杀啊。"鹿岛轻声嘟囔着。

流镝马则看着其余四人的脸，说道："凶手就在我们之中。"

流镝马给松影的尸体盖上床单，呼出一口气。

现在没有时间悲伤。他为了履行作为侦探的职责，曾发誓舍弃一切情感。

流镝马将晚饭时用过的水果刀消失不见，以及那水果刀的大小和伤口大小基本一致的事情告知了其他人。

"一定是有人在睡前拿走水果刀，刺杀了松影，然后把刀藏在某处。"

一行人分为男女两队互相搜身后，开始进行每个房间和各自私人物品的调查。

首先是松影的房间，然后是鱼住、鹿岛、琴美、萨拉。众人按照顺时针找了一遍所有房间，但并没有发现水果刀。

一行人进入有蝙蝠的房间后，发现床上很凌乱，被子上还残留着些许余温，枕边放着一本《天狗馆杀人事件》的小型平装书。

"有人进来过吗？"流镝马开口问道。所有人都摇了摇头。

那就是松影，也可能是凶手正在说谎。可是，在床上读书是出于什么目的？流镝马深感疑惑。

三个男人把阁楼细致地调查了一番，但除了蝙蝠和飘浮的灰尘以外空无一物。他们借由洗手顺便调查厕所后，便向储物室移动。很幸运的是，储物室内被整理得很干净，省去了不少工夫，但也没什么收获。他们最后调查了走廊，但果然还是没有发现水果刀。趁着大家正在调查，流镝马格外留意是否有可疑者，但并未发现异常情况。

"还剩下客厅，或者是外面吧。"

鱼住伸手想推开铁门时，流镝马开口了。

"没那个可能性吧。"

房间、客厅、塔——所有窗户都无法打开，凶手不可能将小刀扔到外面去。而且唯一的出入口玄关处还有棕熊睡在门前。再加上客厅内的流镝马本来就一直都是清醒的。从房间到客厅不得不经过那扇铁门，打开铁门则会发出不可避免的巨大响声。想要避人耳目地来往通行是绝对不可能的。

"'凶器被藏到哪里了'，这是凶手发来的挑战书吧。"流镝马嘟囔着，其他人也点头赞同。

众人进入客厅，轮流发言。

鹿岛和琴美似乎一直都在醒着读书，两人都发言证明没有听到铁门的声音。因此，只有流镝马摆脱嫌疑，其作为侦探的行动也被认同。

"我肚子有点儿不舒服,所以大概两点时去了趟厕所。"鱼住坐在沙发上说道,"然后有人来敲了门。"

"谁?"

流镝马环视一圈,所有人都摇着头。

"没有人承认的话,就说明是凶手或松影……"流镝马像侦探电视剧里那样在房间里一边踱步一边说道,"凶手将松影喊到塔顶的小房间,然后用水果刀将他杀害。恐怕当时凶手的指纹或者汗水之类的沾到了水果刀上,他想把刀上的痕迹洗掉所以才去了洗手间吧。然而,鱼住在洗手间内。凶手在门外等了一会儿,鱼住却没出来,所以他才将水果刀藏在某处……"

"所以,我也排除嫌疑了对吧?"

鹿岛却对松了口气的鱼住说道:"为什么?说不定你只是在洗手间里洗刀呢。"

鱼住气得想反驳,但鹿岛说得在理。流镝马也颔首赞同。

"这个事件,起因难道不是绢惠吗?"琴美冷不丁地说道。

所有人都闭口不答时,萨拉开口说:"绢惠她……不是被松影纠缠着告白了好几次吗?我就一直觉得,是不是因为每次绢惠都拒绝,所以松影才一气之下把她推下站台?"

绢惠是在推理研究会聚餐后的回家路上去世的。七个人一起向车站站台移动时,电车开进站台的一瞬间,走在后面的绢惠掉入轨道。而当时松影就站在她身旁。

萨拉的疑问,是所有人都有的想法。但因为事故现场正好是监控死角,再加上绢惠当时醉得厉害,警察便断定这是一起失足引发的意外事故。

谁也没能去怀疑和大家同样痛哭流涕不止的松影。

"如果是那样,就是知道事实的人对松影进行了复仇是吧?"

没有人否认流镝马的这一番话。

"鱼住，你和绢惠是青梅竹马吧？"鹿岛起身说道。

"是啊。那又怎样？你当时也暗中盯上了绢惠吧？"鱼住瞪着他回话道。

鹿岛则变得语气强硬起来。"啊？你懂什么啊。我是……"

"别吵了！"琴美插话喊道，"我不想听你们在这里互骂。我最喜欢绢惠了，流镝马也是，萨拉也是，大家都喜欢绢惠不是吗？这种争吵毫无意义……"

"是啊。"

流镝马也赞同。绢惠是被所有人都喜爱的成员，从动机来缩小范围并非易事。果然这起案件的重点是凶器。刀究竟被藏到哪里了呢……

"话说回来，这个聚会的主办人是谁？"

萨拉的话语划开虚无的讨论，一行人面面相觑。

"确实。现在已经不再是游戏了。主办人在我们中间的话就赶紧站出来。"

流镝马环视众人，但每个人都摇头否认。

"邀请函带来了吗？"鹿岛问道。

流镝马打开自己的背包。

"我收到的是这个。"

流镝马将写着侦探的邀请函展示出来后，其他人也纷纷从包中拿出了邀请函。四人的邀请函上都写着客人，没有其他可疑的指示。从松影的背包中拿出邀请函后，大家的视线聚集了过去。

您是凶手。请隐藏身份，像客人一样行动。深夜会将您唤出。

"原来如此……"流镝马坐到沙发上，盘起了腿，"虽然也有可能主办人是松影，然后他伪造了这封邀请函，但还是先将凶手看作这场聚会的主办人比较好。凶手计划在剧本杀途中真的杀害松影，为了让松影那家伙觉得有趣而参与其中，所以故意将凶手的身份牌给了他。然后，等大家都安顿下来，凶手把他叫到塔顶。而且如果是主办人的话——"

鹿岛打断道："就能够精心设计好作案手法……"

被他抢先说出结尾，但流镝马只是沉默着点点头。本格推理中，如福尔摩斯的助手华生一般的角色也是必不可少的。

流镝马站起身，用食指抵住太阳穴，抬头向上看去。

是否有说不通的地方呢？是否有被忽略了的事物呢？

他沉默地进行推理。

鱼住沉着脸，拿起了绢布毛毯。

那一抹鲜艳的赤红色，渐渐与绢惠的脸相重叠。

流镝马想起主办人指定了所有人的房间。目的是什么？那必然意有所指。房间内装饰物品的指向性在他的脑海中奔腾。

绢、皿、琴、鹿、鱼、松，还有马……各种意象不断闪现。

跨骑在奔腾骏马身上的流镝马，拉弓射箭。

箭矢划开疾风，正中靶心。

如果是那里面，便有可能。

流镝马打开铁门，冲过走廊跑进房间内。

"你发现什么了吗？"琴美问道。

其他三人紧跟在流镝马身后。

流镝马一言不发地戴上手套，站到床上，然后伸手卸下挂在墙上的鹿头。

鹿头顶部开着一个洞，洞中的棉花已被染得血红。

果然。流镝马不假思索地伸手将棉花掏出，沾满血迹的水果刀便掉了出来。

所有人都吃了一惊。

流镝马一语中的，直指鹿岛。"凶手就是你……鹿岛！"

"啊？什、什么啊！那是什么玩意儿啊？我才不知道！"鹿岛十分愤怒，极力否认。

"你刚刚说你一直都醒着，对吧？那么除你以外，没人能进这个房间把刀藏起来。"

"我说谎了，我其实睡着了！睡着啦！是有人要陷害我！"鹿岛这样狡辩，反而加重了嫌疑。

"所以，你说谎了是吧？"

"不对，不是那样的，说不定这是凶手一开始就设下的陷阱！"

"只要调查一下，就能证明这是松影的血迹。你也看得出来这是刚沾上去的新鲜血迹吧？要是那样的话，你可就没法再找借口了。"流镝马冷静地追问，但鹿岛始终没有要承认的迹象。

"流镝马，你果然就是个三流侦探。真是有眼无珠啊。"

被一番辱骂，流镝马一下子气上心头。

"鱼住，把他绑起来。在警察来之前，把他关在这个房间里。"

"哦，也是。"鱼住表示赞同。

"我去拿绳子。"琴美正要向走廊跑去。

脚步突然一顿。

"百忙之中，不好意思……"

门外响起一个从未耳闻的声音。

所有人都望过去，发现有一个陌生的少女站在门外。

少女十四五岁的样子，黑框眼镜后的圆眼睛闪着光芒。
"是、是谁?!"流镝马喊道。
"那个，我也是，因为熊先生所以没办法出去了……"
少女一脸抱歉，低下了头。
这种事情，不可能发生在本格推理中。
极度可疑的外来者的登场，让流镝马有些茫然。

2

音更ㇷ゚出生于北海道音更町的一个经营养猪产业的家庭。

她的父母有些异于常人,由于太过喜爱猪,所以给女儿取名为"哼",在出生证明上给"フ"字加上了浊音点。当然,"フ"加上浊音点是无法被登记的,所以户籍上的名字便成了"フ"。但ㇷ゚本人也很喜欢"ㇷ゚"这个字,于是平常仍然使用着。①

ㇷ゚是天生的高度近视——父母是在她三岁时注意到这件事的。虽然无法确定是不是由于天生近视导致的,但ㇷ゚的嗅觉像猪一般敏锐。她总是耸着鼻子四处闻,很快就能找到想找的东西。她还很擅长闻出人们的谎言,旁人一直说她将来说不定能当上刑警或者侦探。

ㇷ゚把这个评价放在心里,于是专心研读了最亲近的奶奶房间里凤亚我叉的推理小说。在小说中登场的是诞生于凤亚我叉笔下的名侦探。

身着深蓝色双排扣风衣,过长的刘海遮挡住眼睛,声音微弱,存在感也很低,但他一旦进入状态,便会用如清流般顺滑的推理将诡计全部解开,多么复杂的案件都能优雅解决。其名

---

① 日语中猪的叫声"哼"(ぶう)与"フ"浊化后同音。本书为尊重原文,使用"ㇷ゚"字形作为主角名字,读音为 buu。

为：奥入濑龙青。

风憧憬着这样一位侦探，独自解决身边发生的小小事件。每当她解决一起事件，奶奶就会为她感到十分高兴。于是风下定决心，将来要成为一名侦探。

然而，在她升上高中时，奶奶去世了。

风的身边开始发生变化，也是那时的事。老师和朋友们开始对她说："现实中是不会发生像小说一样的事件的，龙青那种侦探根本不存在。"风感到有些不满，明明小时候没有人这样说过，所以她理所应当地没有听信。

好奇心旺盛、不顾一切、率真可爱，具备这三大要素的风的性格，偶尔会让周围的人感到相当愕然。但最重要的父母总是说着："哼哼一定能成为侦探！"他们无条件支持着风。

高三那年冬天，风在寻找能入职的侦探事务所时，在网上发现了一则招聘启事。那是凤亚我叉的纪念馆——凤凰馆发出的女仆招聘启事。

风立马奔赴东京接受面试。她第一句就说道："我，是奥入濑龙青转世！"

"不不不，他只是小说人物而已。"馆长——亚我叉的次子凤秋罗反驳道。

但风并不气馁。

"我也非常憧憬成为像亚我叉老师一样的女性！"

见风激动起身，秋罗和工作人员交换了一下眼神。

"亚我叉是我的父亲，是男性……"

"欸，居然不是女性吗?！但是阿加莎·克里斯蒂[①]不是侦探

[①]日语中"亚我叉"（亜我叉）与"阿加莎"（アガサ）同音。

小说女王吗？而且，我觉得那十分细腻的表现手法很像是出自女性之手。"

这番话惹得众人大笑。但不知为何，风被录用了。

秋罗拥有亚我叉所建的十座豪宅，每一座豪宅都是还原小说中出现的场馆而建成的。位处东京的凤凰馆对外开放。女仆的住所是位于同一片地的别馆，风从四月开始入职并入住。她开始一边存钱一边学习如何成为侦探。

就那么过了几个月后，风收到命令，去打扫天狗馆。

据说有一个要举办剧本杀的男人，用三天三百万的价格租借了天狗馆。虽然被同为女仆的前辈说是摊上了麻烦工作很可怜，风却很高兴。毕竟能进入向往已久的天狗馆，对她而言，没有比这更让人高兴的工作了。

八月十二日，星期五，风怀着满腔欣喜前往飞骅。

她并非孤身一人，有奶奶做的小猪玩偶做伴。小猪玩偶搭在肩上，便成了风的小挎包。这个名为噗噗的玩偶总是与她形影不离。

风从东京站乘坐新干线出发，在富山站换乘，花了四个小时到达离飞骅最近的车站。虽然被吩咐接下来乘出租车前往目的地，但风选择了步行前往，将车马费收入囊中。她怀抱着远足的心情，沿着山路走了两个小时，让总算到达目的地时的欣喜更上了一层。

虽然疲惫不堪，但风满心欢喜。她一边享受着圣地巡礼一边清洁打扫，一不小心就花费了不少时间。她回过神时，太阳都已落山。

森林一片阴暗，叫人惶恐不安，涉世未深的少女是不可能孤身前往的。

风毫不犹豫地选择在天狗馆留宿一晚。

她被秋罗嘱咐过，要先在最近的旅馆留宿几天，等十六日再前去打扫。对方还着重叮嘱说："因为有十三日到十五日绝对不能进入馆内的合约，所以要多加注意。"但风想，只要第二天一早立马离开就应该没问题了。

她换上厚重的睡衣，躺在柔软的床上进入了梦乡。

风被引擎的声音吵醒后，下一刻便听见玄关大门被打开的声音。赤色的阳光穿过窗户照进房间，仿佛一瞬间就到了早上。

完蛋了！

风一跃而起，抱起背包，总之先躲进了储物室。

应该是在为剧本杀做准备，租客开始在各个单间进行工作，随后进入了储物室。风躲在深处，屏住呼吸。她悄悄瞄了一眼，看见了宽大的后背。看样子租客是个男的。风闻到一股烟熏般的刺鼻气味，或许是香烟吧。

男人拿了斧头和梯子，进入旁边的房间，不一会儿便传出了用斧头凿东西的"哐哐"声和震动声。

他在做些什么呢？风好奇得不得了，但现在是溜出天狗馆的好时机。她赶紧从储物室跑了出去，却在铁门前停下了脚步。如果打开铁门，会发出巨大的响声。

别着急。那个男人是在为剧本杀做准备，结束后应该就会离开场馆。在参加者到达场馆前还有一段时间。风深呼吸着，平静下来后，进入最西端的房间，藏进衣橱。

过了一会儿，馆内响起铁门被打开的声音，而后便是玄关大门关上的声音。接着，风听见摩托车离开的声音。

好了，这下没问题了。

风背着包走了出去，伸手推动铁门。

铁门却毫无动静。

"怎么还锁上了?!"

被关起来了,该怎么办,也不可能从窗户出去。风焦急了一阵子,但马上又转换了心情。

"等参加者来了之后悄悄溜出去就好了。"

她自言自语着躺倒在床上后,发现桌子上摆放着松树盆栽。是那个男人放的吧。其他房间里也放置着标本、竖琴、器皿之类的东西。为什么呢?

最后一个房间里空无一物。风正这么想着,蝙蝠飞了出来。

"啊!"

风跳着后退几步。她抬头向上看去,发现天花板上有个大洞。原来男人刚才是在用斧头凿天花板。

这又是为什么?虽然不明白男人的意图,但仔细观察后,风发现蝙蝠的小圆眼睛还挺可爱的。话说回来,《天狗馆杀人事件》中应该也有蝙蝠出现。

"真好!"

风在那个房间的床上躺下,读起了书,当然是亚我叉的《天狗馆杀人事件》。

她从小时候开始就不知读过多少遍这本书了,但无论读几遍都觉得很有趣。每一次,风都会为优雅解开谜题的龙青而着迷。不知不觉几个小时过去,她听见了门打开的声音。是剧本杀的玩家们到了。

风将行李收拾好,向储物室移动。她悄悄观察着爬上塔的一行人的背影。等最后一名女性也向上走去时,她立刻从储物室飞奔而出,穿过正缓缓关闭的铁门留下的缝隙。

完美。这下可以放心了。风正悠闲地准备出去时,看见了窗外的黑影。

欸?

她一边擦着有污渍的黑框眼镜,一边把脸凑近窗户。

是熊。有一头巨大的棕熊。

怎么办?出不去了!回不去了!好像很有趣!

凤抱着头来回踱步,屋内回响着"啪嗒啪嗒"的脚步声,但那与凤的脚步并非同一频率,是一行人从塔上向下跑来的声音。她躲进厨房,一行人则趴在窗口观察棕熊。

趁所有人都十分震惊时,凤再一次穿过即将关闭的铁门。

凤已经完全转换心情,决定亲自关注剧本杀的发展。

反正也出不去,不好好享受反而吃亏。而且,这一行人中有位名叫流镝马的侦探,这件事也让凤颇感兴趣。她想着这正是个学习的好机会,小心隐藏着自己的身影。

凤在储物室深处竖着耳朵仔细听,了解到有蝙蝠的那个房间无人使用。

"真幸运!"

她毫不犹豫地向那个房间移动。由于他们还好心地放着梯子,所以凤爬上去看了一下。在阁楼上静心聆听,便能听见楼下的动静。

她在上面听了一会儿,但剧本杀迟迟没有进展。

名为鱼住的男人开始做饭,凤受不了一阵阵的香味,干脆钻进被窝,往鼻子里塞了几张纸巾,再次开始读书。

想上厕所。凤看向时钟,已是深夜两点。看来她不知不觉间睡着了。外面一片寂静,或许大家都睡了吧。

她想着现在正是去厕所的好时机,但刚从床上爬下来,就听见了"嘎吱"一声。房间门被打开了。凤焦急地钻回被子里。

一片漆黑之中，有人走了进来。对方打开了手机手电筒，顺着梯子爬上阁楼。

究竟在干什么呢？

风尽量不发出声音，悄悄爬上梯子，向阁楼内窥探。那个人蹲在阁楼角落，不知在做些什么。由于太黑了看不出是谁，风便从随身携带的"噗噗"中掏出手机。她知道肯定不能打开手电筒照明，于是打开相机，尝试录像。

漆黑的背影动了一下，风便立刻缩回床上。对方从阁楼上下来，离开了房间。

好险……风喘了口气，又重新爬上阁楼查看情况。究竟做了什么呢？她调查那个人蹲过的地方，但什么都没发现。

好可疑。风耸着鼻子四处闻。很奇怪，什么味道都没有。她怀疑自己是不是感冒了，伸手一摸鼻子，才发现鼻子里还塞着纸巾。

风用力像发射空气炮一样将纸巾喷了出去，一股香味直冲鼻腔，微微带着铁锈味——不对，或许是血腥味。她围着地板四处嗅了嗅，便又闻到了美味的香气。这么晚了，是谁还在做饭呢？风又一次感觉饥饿席卷全身，不知为何有些想吃大阪烧了。

她走下阁楼，悄悄来到走廊上，顺着香味往前走，却来到了厕所。

欸，为什么？

疑问和尿意同时涌入风的脑海。但厕所里已经有人了，而且对方完全没有要出来的迹象。她实在忍不住了，便敲了敲门。怎么回事？厕所里毫无回应。

没有办法，风只能回到房间，为了分散注意便吃起了零食。

忽然又不知从哪儿飘来了香烟的气味，和早上主办者来的时候一样，是一股烟熏般的刺鼻气味。她细嗅了一番，发现气味是从外面传来的。

嗯？怎么会这样？外面明明应该有熊在啊。

正当她心怀疑问时，忽然听见了女性的尖叫声。

"啊——！"

风来到走廊上，发现大家都醒来了，正聚集在一起。侦探向塔上跑去时，大家也都跟着上去。

风也踮着脚跟了上去，目光穿过众人的脚边向内窥视。

名为松影的男人倒在地上。

剧本杀的大幕终于揭开。

众人仿佛都有过演戏的经验一般，风被他们好似真的在害怕一般的真切演技所吸引着。

作为凶器的水果刀好像消失了。事态演变为所有人一起寻找水果刀。

风先他们一步回到房间，背起包爬上阁楼。

一行人结束搜身检查后，先调查了被害者的房间，而后来到了隔壁房间，一无所获，便又向隔壁的隔壁房间移动。

风想，他们最终总会来到这个房间，所以必须离开，话说回来，我也好想推理啊！

风忍不住离开房间，跑上塔顶。她打算先调查一下尸体，掀起毯子后忽然发现自己疏忽了。这个人其实只是在装死而已！

"对、对不起！"

她立刻道歉，但对方毫无反应。

嗯？

男人瞪大的双眼没有丝毫生气。

风等了一会儿，对方一直没有眨眼。

甚至没有呼吸。

男人真的死了。

这个剧本杀并不是一场游戏。

警察！救护车！风掏出手机，却毫无信号。

怎么办，怎么办，怎么办？

她不知所措地顺着旋转楼梯向下走时，听见了下面传来的声音。

"有人进来过吗？"

糟糕。

那是有蝙蝠的房间。床上的余温暴露了，而且小说也还放在那里。

风流着冷汗，但一行人好像认为那是凶手留下的痕迹。

对不起！风在心里一边道歉，一边开始推理。

她的身体开始颤抖。不，真正在颤抖的，或许是她的内心。她的胸口好像被冻伤般刺痛着。

颤抖的理由她心知肚明。因为真正的尸体、真正的杀人事件发生在她的眼前吧。

这不是什么游戏，也不是推理小说。

她被现实的恐惧所包围，起了一身鸡皮疙瘩。

风将原本挂在肩上的"噗噗"紧紧抱在怀里。

等其他人都去到客厅，她爬上阁楼，偷听他们的对话。

片刻后，她听见一片嘈杂，似乎是侦探有了什么妙计。

他们来到了名为鹿岛的男人的房间。

风从走廊向内窥探着，众人在鹿头中发现了水果刀。

据侦探流镝马所言，鹿岛被断定为凶手。

欸？不对，那不可能。因为……
众人认定鹿岛就是凶手，打算用绳子将他绑起来。
这下可糟了。风下定决心开口打断了他们。
"百忙之中，不好意思……"

3

流镝马等人半张着嘴听着冈的话。

这个名字有些奇怪的少女,将自己在此地的原因从出生开始讲起。

少女有着齐刘海和八字眉,眼睛在厚重的黑框眼镜后闪闪发光,胖嘟嘟的脸颊如桃子般粉嫩。再加上她身穿如绵羊一般毛茸茸的睡衣,背着柠檬色的大背包,还将挂在肩上的小猪玩偶拿在手中。

就她这副样子,侦探?开什么玩笑?是从原宿来观光的中学女生吧。奥入濑龙青转世?完全不知道她在说什么。

虽说流镝马开始当侦探的动机也和这位少女相似,但她似乎只是奥入濑龙青的狂热粉丝。聊到奥入濑龙青的话题,少女便激动地讲述起来,让人无法插话,一不注意就被她带偏。但流镝马冷静下来仔细思考,实在难以想象这名少女会是凤家的女仆。无论怎么看,她都太可疑了。

"那个,首先,你能证明自己是凤家的女仆吗?"

听流镝马这么问,少女回答道:"可以!"而后她掏出了自己的手机,手机闪烁着和小猪同样的粉色。

"我可以打电话给身为馆长的秋罗先生,请他为我证明。"

"不是，我明白你的意思，但是这边没信号啊。"

"啊！对哦。那我有凤凰馆的照片……啊，这个可以吗？"

少女滑动相册，把自己在凤凰像前双手比"耶"的照片展示给大家看。

"那个地方对外开放，而且从照片里看不出来你是在工作。不如说这只是张普通的粉丝合影……"

被这样一说，风抱着头，苦恼起来。

"嗯……那怎么办呢？有没有什么好办法呢？"

流镝马沉默着叹气，鹿岛却凑了过来。

"到此为止吧。不管你是女仆还是什么人都无所谓。"

"欸，是吗？那太好了。"

风放下心来，却被鹿岛狠狠盯着。

"凶手是你吧？没有其他可能了。你是怎么把刀藏在那里的？"

"好过分！我明明是为了帮你才出来的！"

"啊？"

风一脸自信地说道："因为我知道真正的凶手是谁。"

"什么?!"

流镝马惊讶地喊出了声。众人都瞠目结舌。

"不，那边那个鹿头里面藏着刀哦。除了鹿岛以外，不可能有人能把刀藏进去。"

"不好意思了。"

风打断流镝马的话，爬到床上，紧紧盯着挂有鹿头标本的墙壁上方。忽然，她伸手指着某个地方说道："啊，就是那个。"

那个地方有一个不仔细看就完全无法发现的小孔。

风就那么站在床上，点着头宣布。"谜题已经解开了。"

"不，等一下。"

琴美将企图阻止䬢的流镝马推到一边，问道："能讲给我们听听吗？"

站在旁边的萨拉也点头赞同。

"说来听听。"

听鹿岛这么说，䬢变得有些扭捏起来。

"在那之前，请先等一下。"

她说完便跑出房间。众人不知道她打算去哪儿，只好追着跑出去，厕所的门却在他们面前关上了。众人在走廊上等待片刻后，水流声传出，厕所的门很快被猛地打开。

"啊……舒服了。"

看样子她只是急着上厕所而已。䬢瞟了一眼愣住的一行人，自顾自地用毛巾擦干手后，便回到鹿岛的房间。

她站在窗前，缓缓回头，又重复了一遍。"谜题，已经解开了。"

在同样回到房间里的众人面前，她伸手摸着鹿头标本说道："凶手并不是杀害松影先生后才将刀藏到这个标本里的，他从一开始就将刀藏在了这里。"

"啊？"流镝马立刻反问道，"那是怎么做到的？"

"是很简单的诡计哦。凶手用其他凶器杀害松影先生后，用注射器抽了一些血，然后爬上阁楼，利用这里天花板的洞，用长长的针将血注射到鹿头标本内。这么做的话，血就会浸透标本内的棉花，看起来像是原本就沾在刀上的。天花板本来就是赤红色的，把针拔出来时就算血沾上去也看不出来。"

"原来如此……"琴美感叹道。

"不对，那真正的凶器在哪里？我们可是找遍了都没发现。"流镝马慌张地凑近问道。

"我两点左右打算上厕所来着,结果有人在里面。那个时候有一股特别好闻的香味。"

"什么?"

"不知道为什么,突然特别想吃大阪烧,所以我就吃了点心来垫肚子。"

"你在说什么?"

"就是在说凶器的事啊。我想了一下,会消失的刀是什么样的呢?我最先想到的是冰刀,融化了就会变成水,这是最普遍的套路。但是这不太现实,对吧?所以我就在想,还有没有什么别的,接着就想起了我想吃大阪烧的事。"

"冷冻猪肉吗?"鹿岛插嘴道。

"嘟——回答错误。切薄一点儿的话马上就会融化掉的哦。"

"卷心菜的菜心之类的?"琴美也走近问道。

"嘟——回答错误。菜心实在硬不到哪里去。"

萨拉积极地举手说道:"山药!"

"那不就黏糊糊的了吗?哎呀,就是做大阪烧时最后收尾的那个东西!"

"海苔!"

"回答正确——才怪!海苔要怎么弄得硬邦邦的啊?"

萨拉和风两人进行着不着边际的问答时,流镝马睁开了眼睛。

"鲣鱼干吗……"

"没错!正确答案就是鲣鱼干!鲣鱼干在被削成细条前不是超级硬吗?如果手法够好,我觉得应该可以削成水果刀的形状。用那个杀害被害人之后,再削成小条,就可以干净地用马桶一下子冲走啦。"

面对着感叹不止的一行人，风一针见血地断言道："综上所述，凶手是对鲣鱼干有所讲究的厨师鱼住先生，就是你！"

"啊？！"鱼住焦急起来，"说、说什么呢？一派胡言！全都是你的想象吧？"

"但是你自己不也说了吗，你在两点左右去了厕所。而且你在里面待了很久，又完全没有大便的味道，反而有一股香味飘出来。你有削鲣鱼干的道具，我还变得想吃大阪烧了。"

"说不定是在我之后有其他人进了厕所啊。退一万步，就算鲣鱼干小刀是凶器，也不一定非得是我啊，那种东西谁都能准备吧！"鱼住反驳道。

流镝马点着头说："确实。用那个诡计可以让凶器消失，但这并不能成为鱼住是凶手的证据。"

"但是，他有杀人动机。"开口的是鹿岛，"我要全部说出来了哦。"

鹿岛一脸正经地坐到床上。

"十年前那场聚餐的晚上，我约了绢惠去旅馆。我很羞愧，但当时的我真的是很糟糕的人。我知道松影和鱼住对绢惠有好感，所以就想向他们炫耀一番。但是绢惠很果断地拒绝了我，还骂我恶心。我非常气愤，就跟打算送绢惠回家的松影说绢惠骂他恶心。结果松影真的生气了，在站台上推了绢惠一把。"

"怎么会这样……"萨拉不可置信地捂住了嘴。

流镝马一句话都说不出口。

所有人都沉浸在震惊之中。

"为什么？为什么不早点儿把真相说出来？"琴美大声责问道。

"我太害怕了，觉得自己也是共犯，所以没能说出口……是我太傻了，我一直都很后悔……我只在几年前和鱼住一起喝酒时，对他说出了真相。"

鱼住只是低着头，一言不发。流镝马看了一眼他的表情。

"所以是你向松影复仇了吗？然后打算把杀人的罪过嫁祸给制造契机的鹿岛？"

鱼住仍是一言不发。

但眼里渐渐盛满了泪。

4

到此，帷幕落下。

这是一场复仇悲剧。虽说杀人是绝对绝对绝对不可取的，但也不是不能理解鱼住的心情。

风一言不发准备离开房间。

就在这时，鱼住开口了。

"啊……我是真的恨着松影，还有鹿岛。但是我没干这种事，你们有证据吗？证据呢？"

风呼出一口气。本以为他会就这样自首的，结果还是没能那么轻易就解决。

"当然有了。"她说着，拿出手机开始播放视频，"因为，我录下来了。"

那是有人爬上阁楼时她拍下的视频。

"因为太黑了看不见，所以试着拍下来了。把亮度调高的话……看，现在的软件真是便利啊。"

视频中，蹲在阁楼角落手拿注射器的人，无疑是鱼住。

众人看着视频，张口结舌。

"不是不是不是，这算违反规则吧！"侦探流镝马大叫着。

"但是他让我给出证据啊。没办法嘛！正好我有不小心拍下来的东西，也不能不给你们看吧？"

虽然风说得在理，但流镝马似乎仍十分震惊。

"你说的我也明白，但是我的推理完全是以这个视频为基础的。确实不太像本格推理吧，不好意思，是我不识趣了……"风扭捏起来。

这时，鱼住小声说道："这和说好的不是一回事啊……喂，你是那个吗？巳神派来的？"

"sishén？"风没明白他的意思。

鱼住忽然暴起，抓起水果刀指向风。

"明明付了那么多钱，结果这是怎么回事啊？"

那么多钱？他在说什么？风完全无法理解，但她现在无法从容地追问。

"等、等一下……"

风拼命挤出声音，但鱼住只是面露凶光死死盯着她。

"冷静点儿，鱼住，到此为止吧。"流镝马企图劝说。

鱼住却挥舞着刀冲向风："啊啊啊啊！"

风把鹿头向鱼住扔去，躲过刺来的刀，冲出走廊，打开铁门跑到客厅，鱼住紧追其后。风拼命跑向玄关，想逃到外面去。

"为什么？凶手反过来气急败坏地袭击人才是违反规则吧！"

风跑到大门前，但手滑了一下，没能打开门。她好不容易打开门时，手腕却被攥住了。鱼住挥起水果刀。

完了，我要死了！果然现实和想象不同，不能像本格推理一样顺利。

她放弃挣扎闭上眼的那一瞬间，手腕忽然被松开了。风立马睁开眼睛，看到一个巨大的黑影抓着鱼住的手腕。是棕熊。

得救了！但我还是要死了！

风僵在原地。此时，棕熊前爪抓住鱼住向上提起，而后重重摔向地面。

"不是吧？"

棕熊对倒在地上的鱼住没有任何留恋，立刻背对风向门外走去。一股烟熏般的刺鼻气味飘进了风的鼻子里，她追在棕熊身后大喊道："等等！你是人类吧？别说野兽的腥味了，这完全就是烟臭味啊！再说了，只有北海道才有棕熊啊！"

棕熊突然停下脚步。

"果然如此。你这身装扮的真实感好强！这么近距离看也会觉得是真的熊呢！"风感叹道。或许是电影里使用的特殊装扮之类的吧。

"什、什么啊……"

风听见声音回头看，发现鱼住一脸茫然地抬起了头。

"喂，巳神，这是怎么回事……这家伙是谁啊？"

鱼住听上去颇为痛苦。

棕熊发出了如《星球大战》中的黑武士一般的低沉声音。"作战失败了。这是意料之外的事情。我也想问，这家伙是谁？"

"我还想问呢！你是什么东西啊？和鱼住先生是同伙吗？"风立刻反问道。

但棕熊没有给出任何回答，只是跨坐上隐藏在树丛里的重型摩托车，接着便发动引擎。

"等一下！等一下啊！"

风跑过去抓住棕熊的后背，但被轻而易举地甩开了。棕熊发动引擎，飒爽地消失在风的视线中。

鱼住重重倒在地上，喃喃道："什么？怎么回事……"

风只能呆愣着目送棕熊远去。

她叹了口气,发现脚边有一张名片一样的黑色卡片,可能是抓住棕熊后背时掉下来的吧。卡片上只有一个二维码,并没有名字。

而卡片背面,只写着一行奇怪的话。

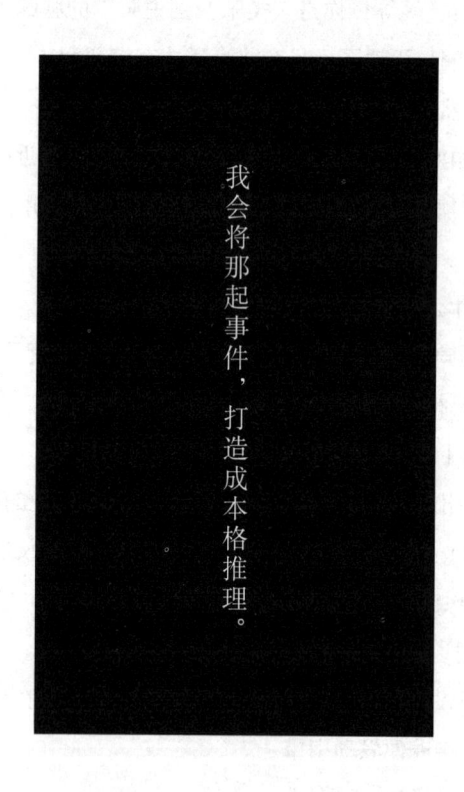

我会将那起事件,打造成本格推理。

5

"天哪，哼哼你真的差点儿就死了呢。"魅子震惊地说道。

冈则笑着回了一句"还好啦"。

魅子是冈的雇主凤秋罗的独生女，现在是名门私立中学的三年级学生。两人也不知是谁在宠爱谁，总之关系如好友一般，十分亲近。

自那场事件以来已有一周。魅子刚结束与妈妈红叶一起的海外旅行，便将冈喊到房间里，让她讲讲事情经过。

"所以，那个人是什么人？"

坐在床上的魅子身体前倾，柔顺的长发也随着向前摇晃。冈坐在椅子上，小口吃着德国产的巧克力。

"据鱼住先生所言，是诡计策划师。"

"诡计策划师？"

"嗯。他好像是个创作剧本杀的人，名叫巳神。据说鱼住先生付了十倍金额进行委托，希望他能帮忙在剧本杀里实行真正的杀人。"

"不得了。"

"是啊！这个巧克力也好吃得不得了。"

冈嘴里塞满巧克力，还掉了些碎屑出来，魅子很自然地用手帮她捡了起来。

"是那个叫巳神的男人安排了一切?"

"嗯,布置天狗馆、制造暴风雪山庄、想出能活用厨师这一身份的诡计……据说全是他筹备的。"

"太强了吧。说起来,哼哼你后来没事吧?不是被那个凶手袭击了吗?"

"他知道我和巳神没关系之后就冷静下来了。我道歉说'破坏了计划,对不起!'之后,他说希望我在他杀人之前就把计划破坏掉。他倒也不是个坏人呢。"

"不对,他是杀人犯啊。"

被魅子冷静地吐槽后,风小声嘟囔着:"即使憎恶罪恶、憎恶他人,也不要憎恶生命。"

"嗯?什么东西?是不是有点儿违反常理啊?"

"是我奶奶常说的话啦。"

风一脸感慨,魅子却并不太在意,只是拿了张纸巾擦掉粘在风脸颊上的巧克力。

"谢啦。"风舔着仍带有巧克力甘甜的嘴唇,有些害羞地答谢道。

"然后呢?之后怎么样了?"魅子回到原先的话题上。

风抱着椅背坐着,脚蹬在地板上,一边转圈一边说出后续发展。

巳神逃走之后,手机马上就有了信号,警车和救护车也急忙赶到现场。

鱼住被逮捕,接受了刑警关于巳神的详细讯问。他的罪名似乎被定为杀人帮凶。

风捡到的卡片上的二维码扫出的链接前端已经被删除了,

之前存在过的巳神的网站也消失了。巳神使用的似乎是海外服务器，所以警察无法找出网站的所有者。

鱼住与巳神的商讨好像都是远程进行的。据说巳神不仅没有露脸，而且使用了变声器，众人毫无线索。委托费的定金使用的虚拟加密货币进行付款，没有指定收款人。即使是警察中优秀的网络犯罪对策组也没能找出巳神的行踪。

风对巳神实在好奇得不得了。她身为侦探的热情熊熊燃烧，便独自开始了调查。

巳神创作的剧本杀是一个名为《鸱町》的网络游戏。风试着玩了一下，发现仿佛置身于本格推理中一般有趣，诡计也十分缜密。风向这个游戏的粉丝们询问了巳神的事情，但果然没有人知道他的真面目。大家唯一知道的就是，巳神也是亚我叉的粉丝，据说《鸱町》的灵感来自亚我叉笔下的《鸱馆杀人事件》。

风又去询问秋罗是否接触过可疑的人。秋罗告诉她，一年前有一个名叫泰格·史密斯（Tiger Smith）的美国旅行社员工说想进行推理旅行，便在天狗馆和其他几个馆进行了远程内部游览。但最后旅行终止，秋罗也没能和对方见上面。据说刑警调查后发现，那个旅行社并没有名为泰格的员工。

那个泰格和巳神应该是同一个人吧，风如此确信着。接下来她开始寻找制作电影专用玩偶服装的公司。毕竟从逼真程度来看，那套棕熊服装可不是随便什么地方都能买到的。

于是风发现，有一家公司在半年前接到一位名为去间的男人的订单，制作了一套十分精巧的棕熊服装。那个男人一定就是巳神。风正为自己向真相逼近一步而高兴时，却得到"最近刚跟刑警讲过这件事了"的答复。她被当头浇了一盆冷水，兴奋转瞬即逝。风很不甘心，所有行动都被刑警抢先了。

由于巳神似乎使用着许多化名，将来应该也会使用其他名字继续创作剧本杀。风抱着这样的想法，开始针对剧本杀的作者进行反复调查。然而，参与剧本杀创作的人远比她想象的多，如果算上兴趣使然的参与者，人数多达几百人。这可调查不完，风十分苦恼。

"什么啊……结果他的真面目还是一团谜。"

魅子看似略有不满地躺在床上。

"我绝对会找出他的真实身份。等着瞧吧！以奥入濑龙青的名义，以奶奶的名义。"风从椅子上站起来说道。

魅子笑着说："好耳熟的台词啊。"

第二天，风在打扫庭院时，发现魅子的母亲红叶正偷偷摸摸地往馆的深处走去。

有一股香味。风顺着脚印跟去，发现红叶进入了屹立在馆深处的府库。

这是一座复原了明治时代西日合璧建筑之美的府库，曾是亚我叉的书斋，如今则由秋罗的长兄春磨将此处作为别府使用。

春磨追寻父亲的脚步，成为一名推理小说作家，到几年前为止连续发表了不少热门作品，近年却一时萎靡。他打算效仿亚我叉，于是选择在此处执笔写作。每当风进入府库打扫时，春磨总是笑脸相迎，还会赠予她高级西式点心。

府库入口前的煤油灯亮着，这是春磨正在进行写作的信号。他告诫其他人在灯亮时谁也不许进入。

本该如此，红叶却……

话说回来，上周打扫府库时，风在沙发缝隙里发现了红色的毛发,而红叶的头发里有红色挑染。

难道,红叶和春磨在偷情?!

不得了!好像很有趣!

不对,不行不行,不能说这种事情有趣。但是得进一步调查一下,毕竟我是个侦探啊。

冈将奶奶给予的"噗噗"的肩带系紧,鼓起干劲。

"我是侦探。这是正当调查……"

她小声嘟囔着,像某户人家的保姆一样绕到府库后方。冈想起二楼有一部分窗户的锁坏掉了,便顺着旁边的松树向屋顶爬去。虽说冈绝对算不上瘦,但她小巧灵活,从小就很擅长跳箱和单杠之类的运动。一连串轻巧的动作之后,她成功从窗户进入了这座府库。府库的大半部分是楼梯井,冈一边隐藏踪迹一边向下看去,发现春磨和红叶坐在沙发上。两人表情微妙地相对而坐。

"不行的。要是暴露了可就全完了哦,不行的啦。"春磨看似十分苦恼地挠着头发,若隐若现的白发让人感受到成熟男人的魅力。

"没事的!没人会发现的。你得再渴求更多一点儿啊。"香水味随着红叶的起身飘散在空气中。

冈的心怦怦直跳。

果然没错……"渴求"什么的,多么色情的词汇啊。春磨的白发和红叶的红发交织,拼出了一个粉色爱心。太肮脏了!怎么办?不能再看下去了,但是好想看。有趣过头了吧!为什么不行啊!但是这种事要是让秋罗知道了,这个家就完蛋了,魅子也会很伤心的。怎么办?

冈捂着嘴,把尖叫的欲望扼杀在喉咙中。

春磨忽然站起身来。"这件事下次再谈吧。我接下来还有个很重要的远程会议。"

啊，好可惜。不对，现在不是可惜的时候。风松了口气。

但红叶毫无要离开的样子。她仍坐在沙发上，跷起腿，露出娇嫩的肌肤。

"那我可以旁听吗？我就安静地坐在摄像头范围外。"

"别说傻话。再说了，你别这样不请自来，要是被人发现你这个时候在这里的话就麻烦了。赶紧离开吧。"

春磨拉着红叶的手，让她起身。

"刚才小风在打扫庭院哦，注意一点儿。"春磨这么嘱咐着，驱赶一般将红叶送了出去。

不好意思，那位"小风"懈怠了打扫工作，正在楼上偷听。

要离开的话还是等红叶走远了之后比较好吧，风如此想着，保持不动地等待了一会儿。春磨已经打开电脑，开始语音通话。

"初次见面，在下凤春磨。"

春磨十分礼貌地打了招呼后，对方回复道："我是chái。"仿佛使用了变声器一般的略显怪异的低沉声音传来。

两人都没有打开摄像头，所以不知道对方的长相，但屏幕上显示着"豺"。原来那个字念"chái"啊。

"真是吓了我一跳，居然会收到凤春磨老师的邮件。"

"突然打扰，不好意思。我有一件想了解的事。"

听春磨这么说，豺似乎有些慌乱地回答道："莫非是关于我在网络上批判您作品的事吗？不好意思，我在诡计上鸡蛋里挑骨头了，但还请当作是外行的戏言，希望您能谅解……"

网络？风拿出手机搜索"豺、凤春磨"，屏幕上立刻显示出了一个推特账号，发布的内容全部都是本格推理相关的批判和考察。

原来如此。春磨是对这个人的批判感到不满才联系了对方吗？风终于理解了。

接着春磨说道："不，不是关于那件事的。毕竟读者也有批判作品的权利。"

豹仿佛安心下来一般，回复道："这样啊……那么，是什么事呢？"

"您知道前几天在我父亲建造的天狗馆发生的事件吗？"

"当然了。我对那起事件非常感兴趣。"

"那起事件，虽然新闻中没有报道，但实际上有一个帮助凶手的诡计策划师。"

"诡计策划师？"

"策划出小说一般的暴风雪山庄模式并研究出能让凶手朋友顶罪诡计的人，是个制作了名为《鸫町》游戏的男人，叫作巳神。"

"真的吗？我倒是也玩过《鸫町》。"

听到豹这么回应，春磨立刻回话道："你就是那个巳神，对吧？"

欸？什么意思？这个男人就是那个巳神？

"您在说什么呢？我有点儿不明白。"

和风一样，豹也略显震惊。

"我也是半信半疑地联络了您，但从您使用变声器这一点上得到了确切证据。但是还请您放心，我只是想进行委托，完全没有报警的打算。"

豹嗤笑一声，反问道："说了不得了的话啊。因为很有趣所以想问问您，为什么认为我就是巳神？"

"我对那起事件非常感兴趣，便向当时正好在现场的侦探询问了细节。"

春磨娓娓道来。

他从秋罗那里得知名为泰格·史密斯的男人的事，又了解到定做了棕熊服装的名为去间的男人的存在，便确信他们与巳神是同一个人。这与冈的推理相同。

"然后呢？为什么我是巳神？"

春磨干脆地回答道："因为鵺。"

"鵺？"

"嗯，巳神制作的游戏《鵺町》的鵺。鵺是《平家物语》之类的传说故事里登场的妖怪，据说它有猿猴的脸、狸猫的身体、老虎的四肢以及蛇的尾巴。但说法不一，在我父亲写的《鵺馆杀人事件》中，组成它肢体的动物是猿猴、老虎、蛇和作为身体的狗。也就是说，巳神指蛇，Tiger指老虎，去间指猿猴①，这样就还剩下狗。我搜索了与本格推理创作有关且名字与狗相关的人，但毫无发现。就在那时，我忽然想到，有一位曾批判过我的小说的推理狂热爱好者，他叫豺。"

豺一言不发，春磨继续说道："虽然很不甘，但你的批判完美地正中要点，所以我印象很深刻。我也看了你对其他作品的评价，十分精彩，即使是专业的评论家也少有人能写得那么深刻。从这个角度来看，也能推断出你就是策划出天狗馆事件的诡计策划师。"

原来如此……冈轻轻呼出一口气。

---

①日语中"去间"（去間）与"猿间"（猿間）同音。

过了一小会儿,豺用礼貌的口吻说道:"不愧是推理小说作家呢。很精彩的推理。"

"果然是这样啊。"春磨一副满意的样子,笑了起来。

冈努力抑制想拍手叫好的心情,静静地听着。

"您请放心。我方才也说过了,调查您只是我的个人行动,刑警对此毫不知情,估计他们之后也不会注意到鸱的事。"

"我不是在担心这个。就算现在你背后就藏着刑警,他也无法通过这通电话找到我。我只要舍弃豺这个名字就行了。"

"倒也是。不过那种事也是不会发生的。"

冈赞同地点了点头。春磨背后藏着的才不是刑警,而是侦探。

"能否打开摄像头?"豺问道。

春磨同意了,点了点鼠标。

画面中的豺戴着怪异的狼面具。冈轻轻拉开"噗噗"的拉链,拿出小型望远镜偷看。豺可能在一个很黑的房间里吧,画面的背景里什么也看不见。

"我的本职是剧本杀的策划师。因为我追求极致的真实感,所以触犯法律也并不稀奇。因此,我才像这样将脸和声音隐藏起来,使用多个化名进行创作。"

"容我再说一遍,天狗馆的诡计实在是太精彩了。但好像因为我弟弟派去打扫的女仆意外出现,最后以失败告终了。要是没有这个插曲,就是完美犯罪吧。"

"如您所言。我也对那个少女的出现感到十分惊讶。"

真是抱歉。冈在心里默默忏悔。

"话虽如此,那是为了真正的杀人行为而进行的辅助,是隐藏服务。"

"我正是看上了您的高超技艺才来咨询的。"

春磨调整坐姿,紧紧盯着屏幕。

终于明白春磨的意图了。他是想让这个男人帮他思考推理小说的诡计。

风自顾自地点头时,春磨却说出了出人意料的话。

"我想请您,也将我的杀人打造成本格推理。"

"欸?"

风不禁发出了声音,急忙捂住嘴。

幸亏二人似乎并没有听见。豺只是淡淡地反问道:"您也需要隐藏服务是吗?"

"嗯,是的。"春磨点了点头。

风哑口无言。

"这样啊……"

豺似乎正在考虑。虽然画面背景只能看见一片黑暗,但他正盯着某处。

"请稍等一下。"豺说道,而后起身离开屏幕前,片刻后又回来。

"无论怎样,条件是首先您要能够证明自己。"豺用毛巾擦着手。似乎刚才因为什么而打湿了手。

"证明?"

"我目前还没有完全信任您。不管是怎样的委托,您都需要先向我证明,您不是警察的同伙。"

"嗯,有道理。那么,我应该怎么证明呢?"

"首先需要您详细讲述一下产生杀意的动机。现在就告诉我。而后我会彻底调查您的话中是否有逻辑不通或虚假之处。如果能确认您和警察毫无关联,就可以签订合约。"

"原来如此。我明白了。"

春磨的讲述是从父亲凤亚我叉开始的。

凤亚我叉原本是一名作词家,与身为作曲家的哥哥一起组成组合,以凤游劫的名义进行活动。从演歌到昭和歌谣,甚至是童谣,他们创作出了众多热门歌曲,从而培养出许多明星歌手。凤亚我叉以爱情为主题的词更是顶级水平,他因此被称为情歌之父,在音乐界具有巨大影响力。

凤亚我叉私下也是个浪荡子,结婚四次又离婚四次,与四位妻子各有一个孩子,分别是长子春磨、长女夏妃、次子秋罗和次女白雪。

之后的某一天,他突然留下一句"关于爱情,我已无话可说了",便宣布将结束身为作词家的活动。

第二年,他突然将笔名改为亚我叉,以推理小说作家的身份降临文坛。

他独自创立了凤文艺社,发表了侦探奥入濑龙青大展身手的本格推理小说《凤凰馆杀人事件》。他被世间称赞为阿加莎·克里斯蒂再世,小说一经出版便成了畅销书。

他让世间震惊的不仅仅是才华。亚我叉投入数十亿的私人资产,原原本本地将小说中的凤凰馆建造了出来,而后更是将每一部续作中作为故事背景的场馆在现实世界中重现,为此还卖出了所有词作的版权。虽然本人并没有这个意思,但他那大胆的行为在国外也成了热门话题,小说开始在世界各地畅销。

二十五年后,他的第十部小说正式出版、第十座馆也建造完毕时,亚我叉因脑出血去世。粉丝们为此悲痛欲绝,但以第十部作品完结小说系列后便突然离世,将凤亚我叉这一名字抬到了更高的地位。

在那之后，亚我叉的四位子女以各自不同的形式继承了他的财产。

长女夏妃成为今后也将不断产生收入的版税的受益人，同时继承了凤文艺社。

次男秋罗继承了亚我叉名下的所有房地产。他在通过运作房地产提高收益的同时，以凤凰馆馆长的身份管理着重现小说所建造的十座场馆。

次女白雪获得了亚我叉名下位于俄罗斯的钻石矿山。矿山中至今仍有大量钻石可被采掘，将持续产生巨大的收益。

而长子春磨获得了亚我叉留下的诡计相关的灵感笔记。对于身为推理小说作家的春磨而言，那曾比巨大的财富资产更有价值。

春磨刚出道时确实作为亚我叉二代受到世间瞩目，但他没有父亲那般卓越的才能，作品的评价和销量都不太理想。于是他果断在小说中使用父亲留下的诡计，一瞬间便跃升为人气作家。

然而，他在五年前用尽了父亲留下的灵感，在那之后即使是使用自己思考出的诡计创作的小说也都声誉不佳。他的作品又回到销量惨淡的状态，他本人也只好在默默无闻中度日。

一年前发生了一件事。

一张手写便笺在亚我叉建造的第五座馆——亡灵馆中被发现。春磨从秋罗那里得到了这张写着亚我叉思考出的诡计的便笺。

春磨看着便笺上大胆又华丽的诡计，欣喜万分。他立刻执笔创作，不到一年时间便做好了出版小说的准备。

这定将成为他复出文坛的一缕狼烟。春磨正抱着这样的念头摩拳擦掌准备大干一番时，一本推理小说出版了，那本小说中使用了亚我叉的便笺上记载的诡计。

作者是春磨同父异母的妹妹,白雪。

她在十年前将俄罗斯的钻石矿山转卖后,在海外逍遥度日。后来钱财见底,她便肉眼可见地焦急起来。便笺的事除了春磨和秋罗以外应该没人知道,她究竟是从哪里得到的消息呢?白雪率先一步使用那个诡计写出小说,抢在春磨前面出版了。

"凤亚我叉的后继者,在此降临。"

这种宣传文案起了效果,白雪的小说迅速成为畅销书,她本人也一跃跻身明星作家行列。再加上白雪这一名字和秀丽端庄的容颜姿态,各大媒体将她捧为在没落的出版界中现身的公主。

春磨无法原谅她。白雪不仅破坏了遗产分配的约定,还夺走了自己复出文坛的机会。

他愤怒地来到白雪的住处,与她当面对质。白雪却毫不畏惧地说道:"哥哥你继承的是爸爸的诡计笔记本,对吧?我小说里的诡计又没有被记载在那上面,并不是任何人的所属品吧?"

"你这无耻小偷!"

见春磨情绪激动起来,白雪便笑道:"说什么小偷,彼此彼此吧?"

春磨想要起诉她,但那样的话,他一直以来都在使用父亲的灵感这件事就会暴露于世。

"所以,我想对她复仇。在本格推理的舞台上复仇。"

春磨用颤抖的声音讲述。

凤被震撼到了,全神贯注地听着。

"你能否在这里证明一下刚才所说的都是事实呢?"豺开口问道。

春磨从锁着的抽屉中拿出一本黑色皮革笔记，翻开展示。

"这就是我从父亲那儿继承的诡计笔记本。"

有些褪色的纸上写着略微潦草的连笔字。

"虽然无法立刻在此证明这是父亲的笔迹，但如果您读过我写的书，就能明白我使用了这上面记载着的诡计。"

"能否将笔记更靠近摄像头一点儿？"豻说着，拿出手机对准屏幕。

"哔哔"两声，手机上显示出"98%"的字样。

"这是高级笔迹鉴定软件。可以确认这就是亚我叉的真迹。当然，我也拜读过您的著作，使用了这里的诡计确实是事实呢。"

"时代变了，真是方便了不少啊。"春磨微笑道。

豻点头说道："委托我就接受了。"

"欸？"

冈不小心发出了声音，但同时春磨也用同样的音量问道："刚才您不是说要先调查我吗？"

"如果使用了亚我叉的诡计这件事暴露的话，您的作家生涯就结束了。如果您是警察的同伙，不可能主动承认使用亚我叉的诡计的事情。从这一点上我看到了您的决心。更何况……"

豻稍作停顿后说道："感觉十分有趣。"

春磨激动地起身。"非常感谢！"

"那么，正式进入主题吧。如果想要包装成本格推理的话，除了被害人以外，还需要有人扮演凶手的角色。还有其他想要复仇的人吗？"

"有一个很合适的人选。白雪出版小说时，我产生了一个巨大的疑问。虽说诡计出自父亲之笔，但诡计的使用方法以及小说本身都十分优秀。自出生以来大概从未执笔写过作品的那个女人,是不可能仅用不到半年时间就写出那种佳作的。"

"影子写手吗?"豺似乎察觉到了,直接开口问道。

"嗯,我拜托在那个出版社工作的责编帮忙调查了一番,果然发现有一个不知真面目的影子写手。那个人名叫 Happy。"

"真是奇怪的名字啊。"

"白雪将自己视为白雪公主,身边围着频繁更换的许多恋人,是一群挥霍光我父亲遗产后就无可奈何的软饭男。我一听到 Happy 这个名字,就想起来了。围在白雪公主身边的七个小矮人中,正有一个叫 Happy 的小矮人。"

"原来如此……没想到影子写手是她的恋人之一。"

"是的。能指定那个男人,将他设计成凶手吗?"

春磨说着令人心惊的提议。那张侧脸的神态与平时温柔的春磨完全不同,仿佛变了个人似的,

"稍微调查的话,指定他为凶手并不困难。困难的是,要如何从白雪那众多的恋人中将这个男人单独引出来……先试试看吧。"

"拜托了。"

"其次,除了凶手以外还有一个重要角色。在本格推理中,侦探是必不可少的。"

豺话音刚落,春磨便立刻答道:"我来。我好歹也是个推理小说作家。"

"我正有此意。凤亚我叉的小女儿白雪被杀害,长子春磨看破诡计找出真凶。这可是个大新闻啊。光凭这个,你的小说销量也会突飞猛进吧。"

"我无话可说。报酬您尽管提。"春磨笑道。

"那么继续往下讨论吧。您想要一场怎样的剧本杀呢?"豺说完,将价目表展示在镜头前。

价目表

策划诡计	¥300,000～
制造不在场证明	¥200,000～
策划脚本	¥200,000～
租借场馆	¥300,000～
制造暴风雪山庄模式	¥500,000～
制作道具	¥150,000～
美术装潢	¥200,000～
妆发	¥200,000～
服装样式	¥200,000～
特殊演出（落雷、降雨等）	¥300,000～
演技指导	¥100,000～
咨询、估价	免费

＊随行时的交通和住宿费另外结算。以上均为不含税价格。

"请允许我事先说清楚，这些是普通剧本杀的服务价格。如果希望进行真正的杀人的话，需要另外支付五百万日元的定金。"

这个价目表是什么东西啊？也太有意思了吧！风暗自激动着。不对，如果是制作剧本杀的话确实很有趣，但如果是真正的杀人，那就要另当别论了。真可怕。虽然有趣但又非常可怕……

风因从未出现过的矛盾情感而稍显困惑，也受到了不小的惊吓，她好不容易才忍住没有发出声音。

春磨仔细看着价目表，回应道："没问题。我也打算使用父亲的场馆。策划诡计、阻拦信号制造暴风雪山庄模式，就拜托你了。"

"我明白了。因为不确定场地的话就无法给出具体预算,所以先决定一下场馆吧。"

豺关闭价目表的页面,打开了凤亚我叉所建场馆的清单。

凤凰馆、大蛇馆、天狗馆、妖狐馆、亡灵馆、鵺馆、鬼人馆、百百目馆、野篦馆、魍魎馆,搭建在全国各地的怪异场馆的图像并列排开。

"还是先把在东京对外开放的凤凰馆和前几天使用过的天狗馆排除掉比较好吧。剩下的场馆中,您有没有心仪的选择?"

春磨似乎有些难以抉择。

"毕竟每一座都是父亲建造的充满巧思的场馆,难以抉择啊。"

"那么,亡灵馆如何?亡灵馆本身就已经含有一个可以使用的密室诡计。"

"不行,我们对于亡灵馆有些不太美好的回忆,将一家人聚集到那里估计有点儿困难。"

"这样啊……那么鬼人馆怎么样?由于鬼人馆在孤岛上,只要让船只无法使用就能轻易制造出暴风雪山庄模式。"

"具体需要多少钱?"

"看您的需求。如果只是在船的油箱上开个洞的话,包括修理费一共只需要一百万左右就能做到。如果您希望有比较华丽的效果,比如船体燃烧之类的,那就需要购买船只,所以最少也需要三百万日元。说到底还是要看实际费用的。"

"原来如此。还是想搞得华丽一点儿啊,这样也比较容易成为话题,而且我想在最棒的事件中实现复仇。"

"我明白了。那么我就根据这个思路安排,能否给我几天将计划整理出来呢?"

"好的。"

风哑口无言，思绪有些跟不上这以怒涛之势发展的势态。她一不小心失手将望远镜掉落在地，发出"啪嗒"一声。

春磨听见异响回过头来。千钧一发之际，风连忙隐藏自己。

"那是什么声音？"

糟了，豺起了疑心。

"是老鼠。毕竟这边是以前父亲使用过的旧府。"

听春磨这么回答，豺仍带有几分怀疑地问道："莫非，是凤凰馆里的府库？"

"嗯，我目前把这里当作书房和别府使用。"

"真是草率啊……如果被你身边的人听到了怎么办？希望下次商讨时你能更注意一些。"豺似乎有点儿愕然地说道。

春磨则点头回复了一句"明白了"。

"怎么办？"逃出府库的风回到别馆中的房间里，独自在被窝里大叫着。

"怎么了？"被子似乎没能起到隔音的效果，女仆长右田花子急忙赶到风房间内问道。

"啊，那个，呃，刚才有老鼠！"风胡乱编了个借口。

右田松了口气，说着"只不过是老鼠而已，喊这么大声"离开了房间。

怎么办？如果放任不管的话，春磨就要杀死白雪了！自己曾憧憬的凤家将会骨肉相残！啊，感觉好有趣！不对！如果是小说的话确实会很有趣，但这可是现实！

果然还是应该报警吗？不对，不行，要是春磨盗用诡计的事情暴露，他的作家生涯就完蛋了。而且春磨和红叶之间的那种关系……要是被魅子知道了的话，她一定会非常难过的，春磨和秋罗之间也会变成修罗场……完蛋了！感觉真的好有趣啊！不对，不对！要是事情发展成那样，凤家会彻底垮台的，大家都会变得不幸。唯有这一点是必须要避免的。

郁郁寡欢地苦恼的飒，得出了一个结论。

去向春磨坦白说自己全都听到了吧！只要能说服他放弃复仇，应该会被理解。

飒放下心，睡了过去。

然而第二天，她放松过头睡了懒觉，连脸都来不及洗就赶到春磨的府库去，春磨却不在。难道是出门了吗？飒一边做着女仆的工作一边等待春磨回来，但春磨迟迟没有现身。

她去事务所调查春磨的手机号时，管家羽贺工搭话道："查了也没用的。"羽贺工缓缓地说："春磨先生沉浸在写作中时，会将自己关在住所内，断绝一切外界联系，手机也不会带在身边，连责编都无法与他取得联系的程度。"

"这样啊。那你知道春磨的住所吗？"飒开门见山地问道。

羽贺工扶着银框眼镜看着她。"你的目的何在？"

"啊，那个，我、我也想试着写小说！所以想找春磨先生商量一下。"

"欸，是吗？什么样的小说？"

被发现是在说谎了吗？飒有些心虚，对方锐利的眼神好刺眼。

"当然是本格推理小说啦。书名就叫《猪圈馆杀人事件》。"

"猪圈馆？真厉害啊。但是得先决定到底是猪圈还是馆吧。"

"哈哈，也是哦。"飒嘿嘿笑着回到了刚才的话题，"所以，春磨先生的住所是在哪里？"

"我也不知道啊。我只知道在柏林。"

"柏林！"

糟了。居然在柏林，就算知道具体住址，去柏林要花费多少时间啊？

冈有些失神地离开了事务所，但不一会儿内心又熊熊燃烧起来。

找人可正是展现侦探实力的时候。说干就干，预支一年份的工资什么的完全无所谓。等着我吧，柏林！虽然喝不了啤酒，但等我吃香肠吃个饱吧！

那天半夜，冈再一次从窗户潜入府库时发现，正如羽贺所言，春磨的手机就放在桌上。

手机设了解锁密码，没法打开，桌上也没有电脑。冈打算调查春磨在柏林的具体住址，但无从下手。马上就要天亮时，她听见了一阵风声。话说回来，右田说过今天会有暴风雨，所以要关好门窗。

雨从冈潜入的那个窗口飘进屋内。冈连忙爬上二楼去关窗。

"手帕，手帕……"

正打算擦干被雨水打湿的手时，冈忽然想起一件事。

豹在和春磨开会中途忽然起身，而后回来时手是湿的。

6

几天后,风来到位于日本东部北海道根室纳沙布岬附近的一座旧房子前。

这是一座建在田野中的独栋民房,似乎是已经不再营业的米店,房子上挂着褪色的招牌,上面写着"西山米店"。绕到厨房后门,风看到有扇小窗开着。

风最近经常干藏身潜入之类的事,说不定有点儿天赋。她一边感谢父母给了她这样娇小的身躯,一边脱掉运动鞋潜入米店。

"打扰了……"

小声地打了声招呼后,她便从窗口爬到了厨房灶台,再悄悄地从灶台下来,摆了个体操选手一般的动作在地板上站定。

地板上铺着有花纹的亚麻油毡,放着陈旧的碗柜和桌子,是常见的餐厅布局。风踮着脚来到走廊,立刻闻到了那股烟熏般的味道。

她马上确信自己来对了地方。瞬间,她被人从背后扼住脖颈,背包也被夺走了。风被按倒在走廊上。

"我要杀了你。"

是豹。风手忙脚乱地挣扎着,但完全是无用功。她的脸被强制按在地上，双手被反剪在后。

"等等，等一下！"

无论风叫得多大声，豹都无动于衷。她感觉自己被卷起来塞进了一个黑色橱柜里。

"等一下！等一下再杀了我！冷静一下！听我说！啊！救命啊！"

"叫破喉咙也没用的。"

豹将绳结绑紧，松开了抓着风的手。被绑成蚕茧的风拼命将身体翻转过来，抬起头。

她看见一个穿着灰色背心的背影。虽然风擅自想象豹应该有熊一般的体型，但他实际上身形苗条，个子很高。他修长的手臂上看上去没有一丝赘肉，只有匀称的肌肉。如果是猪肉的话，估计不太好吃。

"猪肉，啊不对，巳神先生。不对，是豹先生吧？"风焦急地问道，"那个，我是你在天狗馆救过的音更！"

豹一言不发地搜查着风的背包。过长的头发遮住了他的眼睛，更令人感觉有几分阴暗。他粗暴地打开一个黄色的袋子，拿出东京香蕉蛋糕。

"啊，那个是阴间小特产。"

"杀了你。"

豹将视线投向风。他那如西伯利亚雪橇犬般锐利的目光，让风心里发颤。还是让头发遮住眼睛比较好。

"等一下！我开玩笑的！我是女仆，那是女仆小特产[①]！我特意买了十六个装的最大份呢！可贵了！"

[①]日语中"女仆"（メイド）与"阴间"（冥土）同音。

豹将小蛋糕扔到一旁,掐住𩗺的脖子向上举。

"好痛谷!要死惹!要死惹!"①

"回答我的问题,别废话。你是怎么过来的?"

"好痛谷!嗦不粗发啊!"

豹稍稍放缓力道,𩗺大口喘着气说道:"坐飞、飞机和电车过来的。可贵了呢!"

"没问你这个!你是怎么找到这里来的?"

"哦,那个不是三言两语就能说明白的……"

𩗺坦白了自己藏在春磨的府库里偷听他们开会的事。

"那个时候的老鼠……"

豹努力抑制着不发火,紧紧握着拳头。𩗺趁机站了起来。

"我本来想要说服春磨先生,但是他去了柏林。然后,我在调查春磨先生的柏林住址时想起来了!你在会议过程中忽然起身,之后湿着手回来。我就想,当时你是不是因为下雨所以起身去关窗了?"

豹抬起眼皮,𩗺以为他又要把她拎起来,赶紧接着往下说。

"那个时候在下雨的只有北海道东部和中部地区,所以我确信豹先生就在这两个地区的其中之一。接着,我又想起了棕熊的事。"

"棕熊?"

"豹先生,你不知道本州是没有棕熊的吧?连这种常识都不知道,我本以为你是住在没有熊出没的地区。但是北海道和中部地区都有熊出没,于是我发现我想反了。对于北海道人而言,说到熊就会想到棕熊吧?所以我觉得,豹先生你是不是不知道

---

① 𩗺被掐住脖子,因此发音不清。

本州没有棕熊啊？"

豹沉默着摸着下巴的胡楂。

"还有这股烟熏般的刺鼻气味！我特意去了烟草店，想找到这个味道，但是没有收获。烟草店里的人告诉我，可能是卷烟。在北海道东部卖卷烟的店只有五家。上周我去这五家店里转了转，发现了带有这股特别香味的卷烟。我问店长，有没有定期来买这款卷烟的男性。对方一听我说在寻找失散的哥哥，就很愉快地把买烟人的信息全部告诉我啦。第一位是在钏路的店里买烟的石川先生，第二位是中标津的小川先生，第三位则是根室的西山先生。我的目标缩小为这三个人。之后，我想到了当时将鱼住先生摔在地上的那个招式！搜索了一下，我发现那其实是相扑里名为抱摔的大招。这招式可相当有技术含量，于是我将三个人的名字加上'相扑'进行了检索。结果中大奖了！真被我搜到了，有一篇关于二十年前在中学相扑大赛的北海道赛区拿下冠军的初中一年级学生西山隆盛的报道！还有相关评论说西山隆盛会每天背着米袋进行练习！"

豹沉默地看向风，眼神与捕捉到猎物的凶猛野兽如出一辙。

"但是请放心！我不会向警察说任何一个字的！"

"你有什么目的？"

听豹这么问，风便全力恳求道："我想阻止春磨先生的计划！拜托了！请中止计划！"

豹一言不发地瞪着风，上下打量她。

"而且，你的名字好炫酷啊，像西乡隆盛一样，好帅啊。"

风试着夸赞了豹一句，结果被他用胶布封住了嘴。风徒劳地抵抗着，但还是被豹扛在肩上带走了。从厨房后门出去后，风被扔进了深处的米仓里。

不要啊！冷静一下！

夙的嘴被胶布封着，一点儿声音都发不出来。豺从架子上拿起一个方形铁罐摆弄起来。

"干得不错。好好享受剩下的人生吧。"

豺说完，将绳结解开，把东京香蕉蛋糕扔到夙身边就离开了米仓。夙连忙挣脱绳子，撕掉嘴上的胶布，打开铁罐。

铁罐被一堆莫名其妙的机械塞得满满的，深处还有一个类似按钮的东西。红蓝电线相互交错，连接处可以看见电子时钟倒计时的数字。

"炸、炸弹？！"

夙敲着门，用尽全身力气大喊："等一下！停下来！谁来救救我啊！"

门外毫无动静。墙壁看上去就很厚，也没有窗户。夙一遍又一遍地叫喊着，但始终没有豺的声响。她想到这里与隔壁的人家间隔了一百米以上，顿感束手无策。

"对了！手机！"

夙打开"噗噗"翻找，没有，钱包里只剩下飞机票和平装书。估计是被豺拿走了。

倒计时只剩下不到七分钟。看来只能靠自己想办法了。

夙苦恼着应该切断红线还是蓝线，但又觉得不可能像漫画一样这么轻易就能解除炸弹。就算切断正确电线就能解除炸弹，夙也有信心自己会选择引发爆炸的那条线。

有没有什么东西能抵挡爆炸的威力呢？夙开始在米仓内寻找看起来比较结实的东西。但由于尘封许久，米仓内只有散发霉味的桐木箱子。她姑且先将炸弹放进桐木箱子内，想着能不能找东西再包裹一下。有没有米呢？她巡视四周，最终目光停留在之前绑在自己身上的那条黑色绳子上。

绳子非常结实，捆成一束后沉甸甸的，可能是捕鱼时使用的吧。风将绳子解开，一圈一圈地缠绕在桐木箱子上。她将变重好几倍的炸弹扔到米仓深处，又将所有桐木箱子覆盖在炸弹上。

她喘了口气，捡起东京香蕉蛋糕，在门前坐下，随后从"噗噗"中掏出读了一半的《百百目馆杀人事件》翻阅起来。

风瞄了一眼手表，距离爆炸还有一分钟，紧接着就变成还有不到五十秒，不到三十秒……她品尝着东京香蕉蛋糕，静静地继续读着书。

时间马上就要到了。

风紧紧闭上眼，颤抖着将"噗噗"抱在怀里。

一片寂静。

什么声音都没有。

难道是时间计算失误了吗？风又静等了片刻，仍然没有爆炸。

这时，背后的门被打开了，豺进入米仓。

"好过分！明明不会爆炸，你还骗我！"风愤愤地站身。

豺叼着卷烟说道："只是测试警察会不会赶来而已。"

"过分！我都说了我不会告诉警察的！你现在相信了吗？"

豺擦燃一根火柴给卷烟点上火，用锐利的目光瞪着风。"你在想什么呢？"

"什么想什么？"

"眼看就要爆炸时你读起了小说对吧？你想干什么？"

看来他刚才从某处观察着米仓内的情形。风总觉得有些不甘，鼓起脸颊嘟囔道："只是放弃了而已。"

"啊？"

"奶奶在死前告诉我，生下来时哭过了，所以死去时要笑着。所以，我想着反正都要死了，不如读着最喜欢的小说死去。再说了，让我享受剩下人生的不是你吗？"

看着风严肃的表情，豺皱起了眉头。他吐出一口烟，喃喃自语道："真是疯了……"

"我才不想被为杀人案件提供诡计方案的人这么说呢。"风瞪着豺顶嘴道。

"跟警察说了哪些我的事？"

"什么都没说哦。我想着不能输给刑警，所以可努力了。"

"为什么？"

"因为我是侦探。"风大言不惭地说道。豺戏谑地笑了起来。但风毫不在意地继续说："而且，杀了人的是鱼住先生。虽然你是共犯，但你不是还救了我的命吗？我是真的很感谢你哦。证据就是我给你买了最大份的东京香蕉蛋糕。"

"你是真的疯了啊……"

"我才不想被穿着超级认真的棕熊服装的人这么说呢。"

"有没有跟其他人说过春磨的计划？"

"怎么会？就是因为不能跟任何人讲，我特别苦恼，所以才来这里的啊！"风这么说着，回想起来到此处的目的，"对了，请中止计划吧！杀人什么的是不行的！会下地狱的哦！春磨先生那边就让他和白雪小姐好好谈一谈——"

"别开玩笑了。"

豺打断风，转身离开了米仓。风跟在他身后，从厨房后门进入主屋。

"你没有向我提要求的资格。不想死的话就来当我的狗。"

"狗？什么意思？"

豺穿过厨房，打开玻璃门，走进一个大约十块榻榻米大小的房间，坐到一张老旧的沙发上。房间有些脏乱，矮桌上放着吃了一半的杯装方便面和罐装咖啡，略带污垢的烟灰缸随意摆放在桌上。

"因为你，鱼住那边的事成报酬没能到手，我损失了五百万元以上。这五百万元，我要你像狗一样帮我做事来补偿。"

"帮你做事？难道是，做诡计策划师的助手吗？"

"对。"

凤将放在房间角落的坐垫放到沙发正对面，盘起腿正坐在上面。

"如果是剧本杀的辅助工作，无论什么我都会做的。但是，那个……再说了，豺先生你为什么要做这种事啊？"

"看了就知道吧。"

豺这么说着，望向房间深处的书架。书架上摆满了推理小说。左侧书架上都是柯南·道尔的作品，中间的书架则按照出版顺序摆放着亚我叉的作品。虽然房间有些脏乱，但只有那个角落被收拾得很干净。

"我和你一样，也是推理狂热爱好者。我在为那种家伙们提供娱乐消遣呢。其中如果有像鱼住和春磨那样需要隐藏服务的家伙，就可以大赚一笔。"

"怎么会？真的有那么多花费大量钱财寻求杀人帮助的人吗？"

"任何一个世界里都有好事者存在。杀人啊，对动手的人而言，可是人生中仅此一次、机会难得的重要事件。和为了婚礼投入大量钱财是一个道理。春磨也是其中一员。为了让他的计划完美进行，有一份非常适合你的工作。"

"哦，原来如此！不对不对，不行！杀人是不行的！如果是隐藏服务的话我是不会帮忙的！不如说我会尽力阻止！请停手吧！"

风站起身来，豺则从口袋中拿出手机。手机是与他的脸非常不匹配的粉色。其实是少女心？风想着，认真一看才发现那其实是自己的手机。

"请还给我。"

风试图夺回手机，但被挡住了。

"听好了，杀你一个人完全不在话下。我已经完全掌握你的信息，也已经把握音更家你父母的情况。想要逃跑是不可能的。不想变成鄂霍茨克高汤里的猪骨就闭嘴工作，像西乡隆盛的忠犬那样好好工作。从今天开始你就是我的狗了——不对，应该是猪。不是宠物而是家畜。"

但风毫不畏惧，她认定豺只是在说大话。

"说什么杀人不在话下，骗人的吧。被逮捕也无所谓吗？要是杀了我这么一个清纯洁净的少女，最少也要在监狱里待上二十年吧？到时就抽不到最喜欢的卷烟了。"

"清纯洁净的只有你的大脑。告诉你件好事作为阴间小礼物吧，轻易达成完全犯罪的方法，知道吗？"

"欸，真的有那种方法吗？"

"和目标一起去登山，在背后轻轻推一下就行了。被询问事件细节时，只要说是脚滑踩空就行。你也听鱼住说了吧？那个松影就是利用监控死角将那个女人推到轨道上去的，当初并没有暴露。满脑子就想着利用诡计的家伙，是本格推理读昏头了啊。"

"原来如此……"风深感佩服，坐到了沙发上，"所以，别再干那种恐怖的事了！豺先生你其实是好人，对吧？我凭直觉能知道的。再说了，北海道人里是没有坏人的！"

"北海道的犯罪事件数量，光是去年就有一万八千起。"

"好详细！这么认真吗？"

"通过违法手段赚钱的人，统统都很认真。"

"那就去认真工作吧！我会帮忙把米统统卖光的！比如先开个饭团店怎么样？要不然，猪肉盖饭店？猪肉可以从我老家便宜进货！"

"因为你，我承受了巨额损失。我不会再让你妨碍工作了。"

"我当然会妨碍！我会去阻止！我会去说服春磨先生！"风激动地向前探身。

豺一口喝完罐装咖啡后开口道："没用的。你看见当时春磨的表情了吧？即使你报警也无法阻止他。就算我不出手帮他，他无论如何都会向白雪复仇的。"

风一时语塞，不知说些什么。回想起当时春磨那副骇人的表情，风不禁觉得豺说得没错。但是，即使如此也不能就这样放弃。

"那么，请你出手帮我。说点儿好话，帮我说服春磨先生。"

"啊？想什么呢？你到底疯到什么程度了……"

豺"啪"的一下捏扁了铁罐。

"话说回来，适合我的工作是什么？我虽然是个女仆，但还是会把荞麦面煮太久煮成乌冬面、打扫庭院时太用力挖出个坑然后自己掉进坑里。别看我这副样子，我其实很冒失的哦。"

"不用看都知道你很冒失。是就连你都能做到的简单工作。"

"再简单也不行。我是不会协助杀人的。"

"那就无话可说了。我会杀了你。"

风站到沙发上，居高临下地看着豺。"豺先生应该不是那种人。我们借此机会交心吧！来吧！"

她想与豺握手，将手伸出去后，豺却把卷烟塞到她手里。

"喂！很吓人的！"

"你又知道我什么？"

"什么都知道！你和我一样，不都是亚我叉的超级粉丝吗？看！小说摆放得那么整齐！这就是你内心纯净的证据！"

"那些书不全是杀人事件吗？"

这次换成豺伸出手，紧紧抓住风的手腕。

"吊起来算了。把你做成叉烧吧。"

风用力甩开手，逃到走廊里。豺慢悠悠地从房间出来。风本以为他是故意慢慢走着追赶，结果豺从橱柜中拿出一把柴刀，接着便睁大双眼猛冲了过来。

"啊啊啊啊啊啊啊！手上那是真家伙啊！"

风光着脚从玄关冲了出去，却被铺路石绊了一下，整个人猛摔了一跤。

她正面着地，额头狠狠磕了一下，还以为要死了，已经痛到感觉不到痛了。算了，顺其自然吧。现在的话，就算被柴刀砍到可能也不会痛吧。

风翻身仰面躺着，闭上了眼睛。

她就那么躺着不动，麻雀的啾啾叫声传进了耳朵。

真是闲静啊，风想。豺并没有追出来给她致命一刀。难道是以为她已经死了吗？要是这样的话，只要就这么装死下去，说不定可以寻找时机逃走。风正想着，忽然灵光一闪。

"对啊！"风猛地坐起身来。

"啊？"豺就在她眼前盯着她。

"只要杀了白雪小姐就行！"

"所以我一直说要让你帮忙嘛！"

风利落地站起来，一脸愉快地说道："不是的！是装死！是要假装杀了白雪小姐！"

"啊？说什么呢？你不是疯了而是脑子腐烂了吧？"

"哎呀！要是能成功的话，春磨先生会觉得达成了复仇目的而很开心，白雪小姐保住了命也很开心，豺先生你也可以获得报酬而很开心，这不是三赢吗？"

风轻盈地转了一圈，对停在树枝上的麻雀伸出了手。她像音乐剧演员一样对着麻雀说道："来吧，飞到我手上吧。"麻雀却迅速飞走了。

"喂，你知道那叫什么吗？那是诈骗啊。"

"诈骗也比杀人好！"

"听好了，不是我主动要承包杀人哦，动手的终究是春磨。让目标假死什么的，怎么可能做得到啊？"

豺夸张地大叹了一口气。

风又转了一圈，若无其事地夺走了豺手上的柴刀。她将刀锋对着豺，笑着说道："能做到哦。毕竟，策划诡计的是豺先生你嘛。"

7

四个月后的平安夜。

凤亚我叉的子女们聚集到了位于新潟县北部的日本海上漂浮着的孤岛——鬼岛上。

鬼岛海岸线较短，仅有数百米，是一座只有树木丛生的无人孤岛。小岛整体从可以停船的南部入江口向北倾斜，另外三面则是陡峭的悬崖。

亚我叉建造的第七座馆鬼人馆位于北部的悬崖边上，作为惊悚景点也十分有名。由于场馆呈正九边形，所以又别名"九角馆"。

场馆外观混合了日本传统城堡与西洋建筑模式，奇特又美丽。

进入场馆后，走廊直直地向前延伸，与天狗馆一样，中心有一座旋转楼梯。在场馆深处阻挡去路的，是雕刻着地狱景象的厚实铁门。打开铁门，一楼会变成名为"地狱之间"的大厅。墙壁上完全没有窗户，能够起到照明作用的只有蜡烛。北侧正面有一个大暖炉，整体构造是由暖炉向上层输送热空气。来自世界各国的棺材在暖炉的火光下排成一列。大厅中还设置有吧台、赌场装置、台球桌等成年人的娱乐道具，南侧则展示着所谓的拷问道具、处刑道具等。这是可以一边注视着各类刑具一边享受游戏的充满恶趣味的楼层。

顺着旋转楼梯向上则是二楼。二楼与一楼截然不同,是开放式客厅及餐厅。挂在天花板上的照明设备全都是鬼手的形状,鬼手的指甲部分燃烧着,照亮整个房间。从靠悬崖那侧的窗户可以饱览大海的绝佳景色,而靠走廊那侧的墙壁前则是一排书架,书架上摆放着亚我叉的相关书籍以及古今东西的推理小说。即使只是这个书架也足以让推理狂热爱好者激动得难以忍受。

三楼全部都是客房,九间单人间围绕在旋转楼梯的周围。最有特色的是,每个房间都有一个呈半圆状凸出的阳台。要是从位于悬崖边的房间阳台掉下去,恐怕会当场丧命。

四楼有一个被称为"鬼之间"的房间。打开雕刻着狂暴鬼怪的铁门,就会看见房间内有戴着黑色鬼怪面具的铠甲武士坐镇。那副盔甲在整洁有序的日式房间中孑然屹立,盔甲内的一片漆黑仿佛孕育着让来访者胆怯的东西。石灰墙上没有窗户,只有平缓的九角锥形屋顶上有一个天窗。屋顶外面如名古屋城的金色兽头瓦一般,有两个金色的角向外凸出,这正是鬼人馆的象征。

将远道而来的一行人聚集到这座场馆是豺巧妙战略的结果。

在夙找到豺的一个月后。

"要去偷秋罗手上的房产证了。"豺远程对夙说道。

凤凰馆的安保十分严密,场馆深处设有小说中也出场了的壮丽金库。显而易见,秋罗将重要文件放在金库内。但是,春磨似乎没能找到金库钥匙。

"钥匙估计在秋罗的房间里。你应该可以在打扫时拿到手。"豺如此指示道,但遭到了夙的反对。

"我是侦探，不是小偷！"

"那么重要的文件是不可能交给你的。我来负责偷，你只要把钥匙拿来就行。而且这不是偷，只是借用罢了。听好了，这可都是为了保下白雪的性命。"

听到豺这番话，飒无可奈何地同意了。她从秋罗的房间里借出钥匙，交给偷偷溜进来的豺。豺轻而易举地从金库内偷出房产证，伪造了一份后交给春磨。

"我找到了父亲的隐藏财产。"

春磨如此告知兄弟姐妹，并展示了伪造证明。由于是位于新潟市区的土地，他便提议大家一起去视察那片土地后留宿鬼人馆，商量一下分配方法。

"把孩子们也叫上吧，偶尔一家人这么团聚一下也不错。"

春磨提议旅游费用由自己全包，便没有人反对了。

就这样，平安夜的前一天，飒和豺乘坐豪华快艇来到鬼岛。

抵达岛上后，两人迅速从快艇上拿出让白雪逃跑用的小型汽艇，藏在靠岸处的一个洞窟中。随后他们进入鬼人馆，片刻不停地进行诡计的准备。

他们首先将盒装避难梯搬运到白雪的房间，安装在阳台上。这是个相当耗费体力的工作，两人不一会儿便有些体力透支。由于避难梯的盒子过于崭新，十分显眼，于是豺命令飒将盒子外观做旧一点儿。飒一边嘀咕着发牢骚，一边使用喷雾对盒子进行生锈反应加工。接着，她将塑料管道裁切为五十厘米左右长短，使用同样的方法将其伪装成生锈铁管。之后，她将房间钥匙放在桌上，并悄悄在春磨房间的桌上放了一把白雪房间的备用钥匙。走廊墙壁上挂着板斧作为装饰，板斧两侧则是金太郎和鬼的面具，都是与场馆相符的古董佳作。而后二人将地狱之间的一个棺材翻过来，为其安装上古董风的滚轮。等他们最后一起拍好用于伪装杀人的视频后，天已经完全黑了。

䦹在奢华的客厅里吃过方便面后，进入了无人预订使用的客房。

她在一体化浴室中暖身后，读着白雪的小说《人鱼馆杀人事件》进入了梦乡。

第二天，凤家一行人乘坐豺分配的快艇来到岛上。

长子春磨。

长女夏妃，以及她的丈夫广海、儿子琉夏。

次子秋罗，以及他的妻子红叶、女儿魅子。

次女白雪，以及她日美混血的恋人阿尔玛·出村。

另外还有与秋罗一同前来的女仆长右田花子和管家羽贺工。

共计十一人进入了场馆。

䦹藏在森林中看着一行人进入场馆后，着手进行快艇的爆破准备。虽然被豺强硬托付了一件危险工作让她有些不满，但这也是她第一次肩负重要任务。䦹有些紧张不安地将炸弹设置在指定位置。

完成重要的准备工作后，䦹在船内的沙发上坐下，吃起了冰箱里的高级料理。她嘴里塞满鱼子酱，掏出手机打开软件查看。屏幕上显示着鬼人馆的客厅及餐厅实况。豺在馆内安装了隐藏摄像头。

与一片赤红、略显诡异的天狗馆形成对比，鬼人馆的客厅壁纸是沉稳的深绿色。胡桃木的地板以及古董家具让整个客厅充满高级感。

客厅的猫脚餐桌上摆放着豪华料理，几位成年人早已喝上酒，正在惬意地休息。深知这并非只是普通假期的白雪也展露出放松的笑容。看样子她到上周为止一直待在夏威夷，有些晒黑的肌肤与金色头发十分惹眼。虽然白雪好像已有四十一岁，但说她二十几岁应该也会让人相信。

"听得见吗？"

风的无线耳机中传来了豹的声音。

"嗯，声音很清晰。"

"那个摄像头随时有可能被他们发现。爆破准备好了吗？"

"时刻准备着。"风说着，将含有金箔的红茶倒入带来的保温杯中。

"反正都要把船烧掉，别浪费了。"她一边嘟囔着，一边将包裹着鱼子酱的生火腿、裹着进口芝士的烟熏三文鱼等肉类食物装进背包保护起来。将这些东西塞进原本就鼓鼓囊囊的背包里也是件体力活，风回过神来，夜色已经降临。

她再次查看手机，发现凤家一行人正巧已准备好晚饭，魅子和琉夏刚好来到客厅。

"你看这个。本来是在鬼之间里的盔甲手上的。"

琉夏将一个白色信封递给夏妃。看来信封已经按计划被发现了。夏妃取出信纸，读起了内容。

"'今夜将有死者出现，本格推理的帷幕将被拉开。'这是什么啊？"

"喂，又是杀人事件吗？"

听秋罗这么说，大家都笑了起来。

"毕竟是圣诞节嘛，看来是有人为我们策划了剧本杀。"

春磨为魅子和琉夏倒上果汁，大家一起干杯。

不愧是本格推理一家人。明明就在几个月前，同样的情况下出现了真正的死者,现在他们仍愉快地讨论着"死的会是谁呢",轻松地吃着饭。

风也不知为何期待了起来,稍微能够理解豺做这种工作的心情了。但是,她果然还是无法理解真正的杀人。正因如此,现在她才在这里。风品味着牙缝里的鱼子酱,打起精神来。

根据豺的指示,预告信被发现的话她就要爆破快艇。

好了,好戏接下来才正式开始。风离开快艇,藏身在巨大的枯木后。

"十、九、八、七……"

她自顾自地开始倒计时,说出"零"的瞬间,按下了开关。

"轰!"

快艇随着轰鸣声十分华丽地爆炸了。

延迟几秒后,风手机上的画面被切断。豺启动了干扰机进行信号阻断。

从远处传来慌张的声音。凤家一行人从馆内飞奔出来。

"干得不错。你的工作到此为止,接下来去睡吧。"

耳机里传来指示,风便离开了现场。在假装被杀死的白雪过来之前,她必须在藏起来的小船上待命。

仿佛在庆祝暴风雪山庄模式完成,风大了起来,海浪也翻涌高了数尺。

夜晚的海边本就足够吓人,一个人在海岸行走简直就是酷刑。风慢慢向前迈着步子,总算到达靠岸处的洞窟。她暗自期待着洞窟内会稍微暖和些,但洞内反而更为湿寒。狂风不断吹进洞窟,犹如亡灵咆哮。

风立刻钻进小船,但还是一样寒冷。总之先喝口热乎的红茶吧,她想着,打算去拿水杯的手却停住了。

不见了。背包不见了。

"啊!"

装满了食物的背包,不小心落在快艇的沙发上了。

"不行,必须去拿回来!"

她大叫后才想起快艇已经爆炸了的事。

"啊啊啊啊啊啊啊啊啊!"

风仰天大叫,发出了犹如亡灵咆哮的声音。

她好想诅咒蠢过头的自己。好不容易留下来的食物全都被……风想念着鲟鱼的卵们,一阵饥饿向她袭来,肚子咕咕叫了起来。我也想咕咕叫,不对,我想呜呜哭……风擦了擦鼻涕和眼泪,钻进船上放着的超暖电热睡袋里。

提前把这个睡袋放在这艘小船上真是救了命。

然而,按下电源开关后睡袋也没有变暖和,她仔细一看才发现电池已经没电了。

"喂,豺先生!是打算连我一起杀了吗?!"她冲着无线通信器怒吼道,却毫无回应。

完了。这样下去会冻死的。要不然就是饿死,或者孤独死吧。

"我要过去了哦。在这种地方怎么待得下去啊!"风一边朝着通信器怒吼一边跑出洞窟。

幸好,凤家一行人似乎还在观望熊熊燃烧的快艇。她在其他人回来之前潜入鬼人馆,顺着旋转楼梯跑上楼。无事发生。因为昨天她睡的那个房间应该并没有人要使用,所以她只需要乖乖藏在那里就行了。

虽然可怕的不幸不断降临,但也多亏这些不幸,风现在才能躺在柔软的床上。毕竟这应该是豺的责任,所以她也不会挨骂。反而是件好事呢,她乐观地想着。

窝在房间里之前得先储存一些食物。冈进入客厅,看见桌上有烤火鸡镇场,差点儿忍不住上去咬一口。她赶紧跑进厨房,进入食材库时却听见了水流声。

是厕所的声音。随着门一开一关,她又听见有人喃喃自语了一声"好冷好冷"。

糟糕,好像是红叶提前回来了。冈有些恐慌,跑回厨房。她打算绕过客厅从走廊出去时,门被打开了。她连忙向后大退几步,藏身在沙发后面。

红叶在椅子上坐下,喝起热红酒。看样子她的内心在剧烈动摇,无法冷静。冈正伺机溜出去,却听见了一阵脚步声。其他人也差不多回来了。

"怎么办啊,怎么办啊。"

右田徒劳地在房间内来回踱步。快艇突然爆炸,手机也没信号,感到慌乱也不无道理。冈向房间的角落移动,最后藏身在摇椅后面。摇椅靠背上的木条间有缝隙,刚好可以用来偷看。

"什么啊?难道是有人打算模仿爸爸的小说里的情节吗?!"夏妃指间把玩着奶茶色的发丝,看上去有些焦躁不安。

"作为游戏倒还算认真啊。"白雪从容地笑着坐下。

其他人却没有这份从容。发生了这样的事,众人的表情实在凝重。

"你觉得会有人为了游戏炸掉一艘快艇吗?"秋罗将威士忌一饮而尽。

魅子说着"爸爸少喝点儿",将酒杯夺走了。

"接下来要怎么办?"广海听起来颇显不安。

"别干傻事了。"夏妃望着众人开口道,"我不知道是谁在计划些什么，但是闹剧到此为止。请犯人立刻站出来。"

"你觉得听了你这一番话，还会有人主动站出来吗？"白雪吃着生火腿说道。

她明明比夏妃年纪小了不少，说话口吻却是高高在上。夏妃瞪了回去，气氛一时间剑拔弩张。

"馆里姑且是有许多食物储备的，这一点还请各位放心。"不愧是能干的管家，羽贺在巧妙的时间点上提供了较为乐观的信息。

大家也都稍微冷静下来了，围绕是否有呼叫救援的方法展开讨论。

在那之中，春磨紧紧地盯着预告信。他缓缓起身，从包中拿出钢笔，说道："先来调查这个笔迹。所有人，写一下预告信上的文字。"

"能调查出来吗？"红叶问道。

春磨用手机拍下预告信的图片。

"有个有趣的软件，本来是想着在小说中使用所以下载的。"他说着，向大家展示那个笔迹鉴定软件。

"没有信号也能使用吗？"

面对琉夏的疑问，春磨只是点点头，用钢笔写下预告信上的内容。AI立刻给出了鉴定结果："相似度：2%"。

其他人便也佩服地按顺序拿起钢笔。

春磨一副熟练的样子，将众人的笔迹拍摄到软件中。看到第七个人的鉴定结果时，他脸色突变。

"没想到这么快就找到了啊。写下这封预告信的就是你。"

他如侦探一般转过身。

面前是白雪的恋人，阿尔玛。

"欸？为什么？这不可能！"

阿尔玛焦急地起身。他那蓝色的眼珠微微颤动着，诉说着内心的动摇。

所有人都向他投去锐利的目光，春磨将手机屏幕展示给大家看。

"乍一看是完全不同的字迹，但看样子微小的书写习惯是无法完全隐藏的。AI给出了'相似度：96%'的鉴定结果。"

"你在说什么啊？我什么都不知道！"

"莫非，你想亲手杀死白雪？是不是对众多恋人之一的这种身份感到厌烦了？"

春磨不断追问，但阿尔玛拒不承认。他弄散一头金发，竭力否认道："不可能的。我爱她。爱是不求回报的，身为恋人之一我就满足了。"

阿尔玛双眼湿润，一边说一边向白雪靠近。

"白雪，你是相信我的吧？是有人要陷害我啊！"

然而白雪只是紧盯着阿尔玛向后退了一步，一个趔趄险些摔倒在地。

"没事吧？"

阿尔玛扶住白雪，让她在椅子上坐下。白雪将手撑在桌子上，有些痛苦地皱起了眉头。

"头好晕……这是为什么呢，是困了吗……"

"能倒杯水吗？"

在阿尔玛开口前羽贺就已经起身倒水。他用水壶往杯子里倒了些水，放在白雪手边。

这时，春磨开始搜查挂在墙壁上的外套。那是阿尔玛的外套，但他本人对此毫无察觉，一心守在白雪身边。春磨伸手搜查外套口袋，接着从中拿出了薄纸状的药片。

"看，我在他的外套里发现了这种东西。"

"欸，从我的外套里吗？"阿尔玛抢过药片。

春磨平淡地说道："氟硝西泮吗……我在小说中使用过，是强力安眠药。"

"你让白雪喝了这个，对吧？"夏妃平静地补充道。

"我不知道！"阿尔玛将药片扔到桌上，"我从来没见过这种东西。是有人把这个放进我的外套里的。是谁？是谁做出这种事？"

他大喊着环视众人。

无人回应。阿尔玛冲向自己的外套，想要将其夺走，却摇晃着华丽地摔倒在地。

谁都没有伸手扶他，白雪也只是坐着不动。阿尔玛缓缓起身，按住了太阳穴。

"我的头也……"他说着，瘫倒在白雪旁边，"我也……我也被下了药……"阿尔玛痛苦地抬起头，但其他人目光冷淡。

"演的吧？"夏妃嗤笑一声，拿下了挂在杯壁的酸橙，"唉，已经担心得喝不下这杯水了。这种男人，就把他赶出去吧。"

她"扑哧"一下捏烂了酸橙，将汁水滴进杯子里。

"都说了，我什么都没干……"阿尔玛竭力哭诉着，却无人对他伸出援手。

"广海，把他赶出去。"夏妃抬了抬下巴，指示道。

广海一脸为难地挠了挠头："但是，外面可是零下几度啊。"

"零下几度都无所谓吧。你觉得和这种危险的男人在同一个屋檐下，还能睡得着吗？已经忘记快艇爆炸的事了吗？"夏妃伶牙俐齿地说道。

春磨劝着："行了,冷静一下。虽然我刚才那么说,但还不能确定他就是凶手。"

"不是他还能是谁?"

"这个目前还不清楚……"春磨将红酒饮尽后看向夏妃,"我有个提议。让阿尔玛到地狱之间里怎么样?"

"啊,原来如此……"红叶轻声说道。

春磨朝她笑了一下,继续说:"如大家所知,地狱之间的铁门是从外面上锁的,里面只有一面窗户,也就是说……"

此时秋罗插话说:"他会被关在里面,对吧?"

春磨颔首赞同。

"为什么我要被关起来?"阿尔玛情绪激动地反驳。

春磨以一种告诫的口吻对他说道:"听好了,如果什么都没发生,这件事可以就这么算了。但是如果发生了什么,那也可以证明你是无辜的。"

"那下面可放着不少好酒哦。"秋罗接话道。

阿尔玛沉默地考虑着。他接过羽贺倒的水,一饮而尽后说道:"好吧,我明白了……"

看上去他并不非常赞同,但似乎也没有思考如何反驳的余地了。

大家暂时安心了。羽贺开了一瓶新的红酒,为大家换上新的杯子并重新倒酒。正打算继续吃晚饭时,阿尔玛失手将刀叉掉落在地。他弯下腰去捡刀叉,视线却停留在摇椅上。

糟了。风赶紧将头低下。是不是被发现了?

"怎么了?"

看样子春磨时刻关注着阿尔玛的一举一动。

听见春磨搭话,阿尔玛有些心虚地答道:"我感觉那个椅子后面好像有东西在动……可能是老鼠吧。"

"老鼠?!"红叶不禁喊道。

魅子立刻向摇椅奔去,看向摇椅后面。

"啊啊啊!"

尖叫出声的不是魅子,而是冈。

受到惊吓的一家人同时起身。冈从椅子后面缓缓露出了脸。

"欸?哼哼?你怎么在这里?"

"呃……那个,这个,等、等一下。"

冈像是被枪瞄准的逃犯一样将双手举了起来。她拼命展示自己的可爱无辜,思考借口。

"你是谁?"

阿尔玛仿佛要将冈看穿般死死盯着她。冈移开视线,一边思考借口一边进行自我介绍。

"啊,那个,对了,我们是初次见面……对吧?我是凤凰馆的女仆音更冈。"

她话音落下,现场一片寂静,认识她的和不认识她的都哑口无言。

秋罗摸着胡子点头道:"嗯,是我们家的女仆。"

琉夏紧紧盯着冈,冈也看向他。那深邃的双眼皮加上高挺的鼻梁,近距离看真的很帅呢。不对,现在不是想这种事的时候,冈拉回思绪。

"对不起!听、听说各位要在此留宿,我想着是不是应该先打扫一下比较好,所以从昨天开始进行打扫工作。然后有些累了,我就不小心在空房间里睡着了……"

红叶立刻凑近她。"这不是和天狗馆那时候一样吗?为什么要做这种自作主张的事?"

"对不起！我从很早很早以前就很想来这里看看……"

夏妃怀疑地看着她。

右田夸张地大叹一口气。"十分抱歉，是我监管不严！"

"这不是右田你的错。这孩子是今年开始在馆里工作的，确实有点儿，呃，'那个'……她是父亲小说的狂热粉丝，所以……"秋罗开口说。

羽贺也表示赞同。"我们平常也拿她有些没办法……"

似乎是平时干出的不靠谱的事现在起了效果。人生啊，真是不知道什么事会对自己有帮助啊——岚深深地感悟着。

"哼哼在这里我是觉得很开心啦。"

再加上魅子帮她说话，场面恢复到了原先的平静。

"那么，我就在此先告辞了。"

岚打算转身离去时，夏妃喊住了她："请等一下。你能回得去吗？"

夏妃身上的刺鼻香水味与刺眼的视线让岚有些不适。

"嗯，有艘小船……"

"啊！"她正要解释时，白雪忽然喊了一声。大家都惊奇地看向她。

"怎么了？"秋罗转头问她。

白雪抱着头回答道："头好痛，头……"她呻吟般说着，狠狠瞪了岚一眼。

"啊！"岚意识到白雪是在救她，"对了！我是坐着渔夫爷爷的渔船过来的！我得把爷爷叫过来！"

岚拿出手机，装作惊讶的样子："欸？没有信号！怎么回事？"

她装作惊慌失措的样子。夏妃有些愕然地挽了挽头发，琉夏小声笑了起来。连夙自己都觉得实在演得太好了，她在脑内为自己献上连绵不断的掌声。

"行了行了，你就继续在那个空房间里住着吧。现在这个情形你在也正好，去给右田帮忙。"

听秋罗这么说，夙充满活力地回答道："明白了！"

夙收到热菜的指示，便将火鸡拿到厨房里。她为众人盛汤时，阿尔玛像在打瞌睡一般歪着头。看样子他仍然十分困倦。

看到他那副样子，春磨站起来说："你还是先下去比较好吧，可以在地狱之间的沙发上睡一会儿。"

他向秋罗使了个眼色，对方便将杯子放下，说道："羽贺，拿条毛毯来。"

"好的。"

羽贺走向储物室。阿尔玛则听话地站起身，但脚下不稳，朝着广海倒去。看来广海的身材并不是花架子，他轻松地扶住阿尔玛的肩膀，让他站稳。

"没事吧？"他仿佛对阿尔玛没有丝毫怀疑一般，表情爽朗地问道。

夙紧紧盯着他的样子。

广海扶着阿尔玛，与春磨、秋罗一同离开客厅。夙赶紧跑上前，抢在四人前面打开门，挥手说道："晚安。"

阿尔玛狠狠瞪了她一眼，她却只是回了个谄笑。

"我也要去睡了。"白雪慢慢站起身来。虽然不及阿尔玛，但她似乎也有些困倦疲乏。

"没事吧？我陪您过去吧。"夙走到白雪身边，与她一同离开客厅。

她扶着脚步不稳的白雪，一步步走上旋转楼梯。靠近三楼时，白雪迅速调整了姿势。

"你在干什么啊？你应该在船上待命才对吧？"

听她这么说，冈才想起白雪那副困倦的样子只不过是演技罢了。

"啊，对不起，但这都是豺先生的错。"冈小声抱怨道，而后莞尔一笑，"刚才真是多谢您了！我们还是初次见面吧，终于见到您了。"

由于二人仅在线上会面过，所以冈再次打了招呼。白雪不由得发笑，自顾自地走向房间。

"啊，对了！请在这里签个名！"

冈从"噗噗"中拿出《人鱼馆杀人事件》，递到白雪面前。

"哎呀，你到底在想些什么？"

"我在收集春磨先生的签名小说，所以也想要白雪小姐您的签名。"真想夸夸随身携带小说的自己，冈这么想着，不由得露出灿烂的笑容。

"所以为什么要在这种时候……"

"正因为是这种时候！因为白雪小姐你接下来不是就要死了吗？"冈坦然说道。

白雪哑然，停住脚步。

两人忽然听见了悠闲的哼歌声，是右田从下面走了上来。白雪立刻摆出一副困倦的表情，说着"行吧，我知道了，给你签就是了"，拿过冈手上的小说，走进房间。

"拜托您了！"冈在心里说道，鞠了个躬。

她回到客厅时，大家脸上都没有了不安的神色，正边吃饭边聊天，但话题仍是预告信和爆破的事。

众人以阿尔玛是凶手为前提，一同推理如果还有共犯事态会如何发展。

"其实就是姐姐干的吧……""要是魅子的话真的会吓一大跳呢……""右田和羽贺可以轻易将安眠药掺进水里吧……"之类的。众人不知是在说玩笑话还是真心话,但一定享受其中。

风姑且注意着不多嘴。

她专心完成身为女仆的本职工作后,终于与右田一同在沙发前的桌上吃了晚饭。

"红叶小姐她啊……"右田吃着火鸡说道。

"嗯?"

"只有她提前回来了对吧?那岂不是安眠药想放多少就放多少?"右田一脸若无其事地说道,连那一头乱如鸟窝的卷发看上去也变得冷酷帅气起来。

此时,羽贺拿着盘子坐到两人旁边。

"如果是这样的话,作为本格推理就有些太简单、太显而易见了。"

银框眼镜在灯光下闪耀着,让人看不清镜片后的眼睛。

"嗯……也是。哎呀,想着这种事吃饭,连这个看起来也变得像血一样了。"右田说完,将蔬菜浓汤一饮而尽。

风不由得笑了起来。不愧是凤家,连受雇者都是推理狂热爱好者。

轻松的时间转瞬即逝,她回过神时大家已经各自休息了。春磨离开客厅,只剩秋罗独自一人在窗边喝着威士忌。

风收拾着餐桌,将碗盘放入洗碗机中。

"就这样吧,辛苦了。"

听到右田这么说,风便回了句"晚安",走出客厅。

三楼的客房呈九边形等分,每个房间的面积及布局完全一

鬼人馆平面图

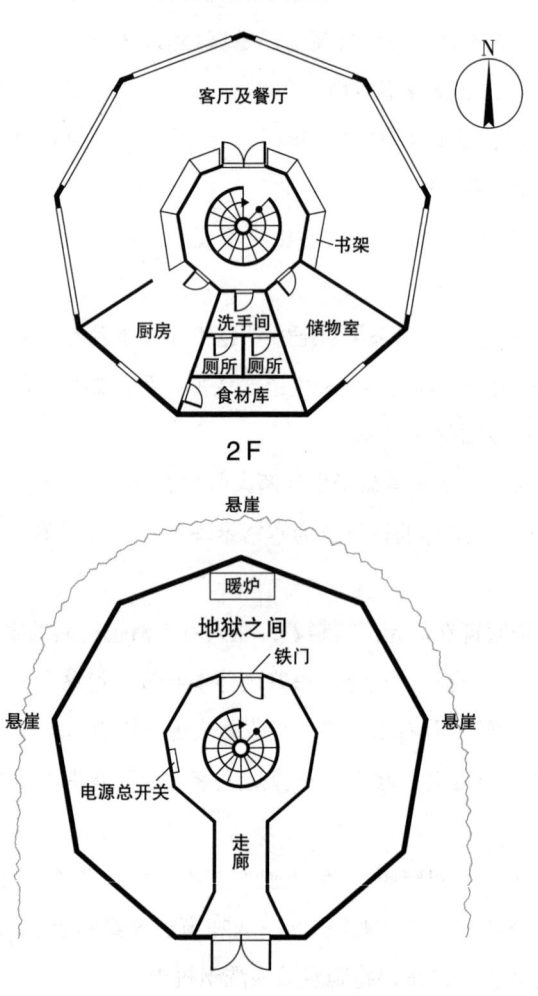

2F
- 客厅及餐厅
- 书架
- 厨房
- 洗手间
- 储物室
- 厕所
- 厕所
- 食材库

1F
- 悬崖
- 暖炉
- 地狱之间
- 铁门
- 悬崖
- 悬崖
- 电源总开关
- 走廊

N

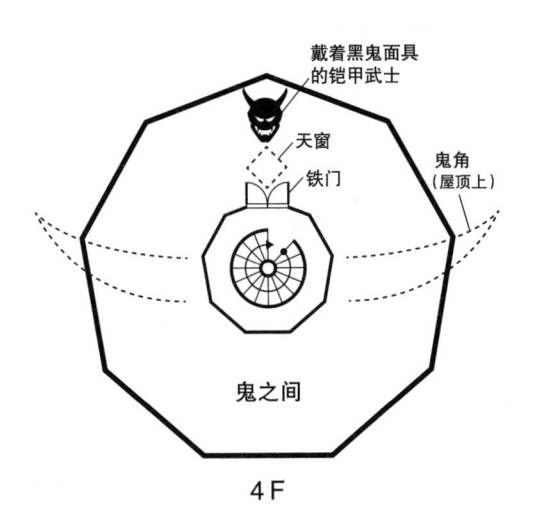

戴着黑鬼面具
的铠甲武士

天窗

铁门

鬼角
(屋顶上)

鬼之间

4F

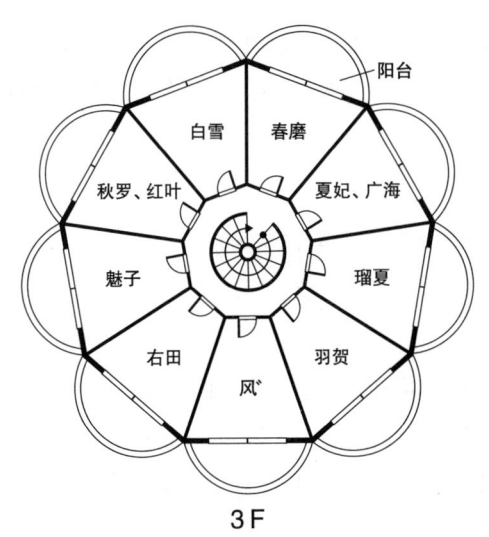

阳台

白雪　春磨
秋罗、红叶　夏妃、广海
魅子　瑠夏
右田　羽贺
风

3F

致，只有面朝大海的右侧深处的房间有一处不同——阳台窗户的锁坏了。这也是完全遵循小说设定所为。

那个房间的使用者是春磨，其右边是夏妃和广海的房间。由于每个房间都只有一张双人床，所以儿子琉夏使用隔壁的房间。琉夏隔壁是羽贺的房间。春磨左边是白雪的房间，接着按顺序是秋罗和红叶、他们的女儿魅子、右田的房间。冈则使用入口处正上方的空房间。由于房间呈环状排列，所以冈旁边是羽贺的房间。

冈躺倒在床上，稍作休息。过了一会儿，无线通信器响了起来。

"进入房间了吗？"

"嗯嗯，已经确认所有人都进入房间了。"冈学着间谍的口吻回复道。

对面的豺怒吼起来："蠢猪！为什么你要来插一脚啊？"

冈的鼓膜差点儿破裂。她切断无线通话离开房间。

她回到一楼，打开地狱之间的门闩，轻轻打开铁门后，看见了阿尔玛愤怒的脸。

"为什么要来插一脚啊你这笨猪！"

是的，阿尔玛·出村就是豺。

春磨想嫁祸成凶手的是白雪的影子写手——一个名为 Happy 的人物。但询问白雪后二人便得知，Happy 并不是她的恋人。

在那本小说出版大约半年前，使用亚我叉的诡计写成的小说被送到白雪手上。对方试探着问白雪要不要以她的名义出版，这样销量就会大大提高，而对方要的报酬是版税的百分之三十。当时为钱所困的白雪立刻欢喜地答应了。

看来白雪自己都不清楚对方的真面目。

豺对苦恼着的风说道："只要找个人来演Happy就行了。"

不如说，豺从一开始就是这么打算的。

计划的最终目的是伪装白雪的死亡。如果作战成功，白雪就会在国外以全新的身份活下去，但毕竟被诬陷为凶手的Happy是无法逃脱的。

"幸好春磨也不知道Happy的真面目，所以找人来演也没什么问题。让一个外人作为Happy与凤家同行，再将他包装为凶手，之后假装自杀。虽然警察可能会确认其真实身份，但如果发现是外国人，他们应该会早早放弃，调查则会以'身份不明者杀人后自杀'作为结果。"

"原来如此！但是，应该找谁来演Happy呢？要雇个演员吗？"

"我来演应该是最方便的。"

"对哦！反正春磨先生也不知道豺先生的真面目！"

不愧是豺，真是绝佳方案。

内情被第三者知晓的话也会很危险，与其将各种伪装交给外人，还是豺亲自下场更为可靠。唯一的风险是，豺的真面目会被白雪知晓。但豺毫不在意地说："万一有什么事的话，去整容就行。"

打造出日美混血的人物设定后，豺戴上金色假发，又贴上双眼皮贴，戴上蓝色美瞳。

阿尔玛·出村这个名字其实是个字谜。

将"阿尔玛·出村"的罗马音armer idemura重组，便会得到I am a murderer（我是杀人犯）。

"为什么要特意设置字谜啊？"风问道。

豺立刻回答："因为本格推理需要伏笔。"

面对豺的这副姿态，风不由得有些佩服。

"还不是因为豺先生你准备的超暖电热睡袋的电池没电了！别说超暖了，根本就是恶寒啊！待在外面的话会死掉的！"

地狱之间内，风絮絮叨叨地数落着豺。被暖炉的火焰煽动情绪，风的语气不由得变得粗暴起来。

"那就随你死在外面啊！"似乎也在豺的怒火上浇了油。"刚好啊，想怎么死？"他环视着房间内的刑具。

"呜啊……是在倒打一耙吗？"

"倒打一耙的是你吧！擅自胡乱行动……"

"所以说，我来这里之前在无线通话里告诉你了！没有回复的不是你吗？"

"我当时可是和他们在一起哦，别以为我随时都能回复你，蠢货。退一万步来讲，你为什么要藏在客厅里，乖乖躲进房间不就行了吗？"

"因为没有吃的啊！会饿死的。"

"啊？不是买了很多食物，塞到你包里了吗？"

"欸，我忘记说了吗？全都变成灰烬了。我不小心把背包忘在快艇上，被一起炸飞了。"

豺哑口无言。

"你给我适可而止！"他宛如朝着暖炉怒吼的野兽。

"嗯，这确实是我不对，我道歉。对不起。"风乖乖低头认错，豺便将话咽回了肚子里。

"我也想适可而止啊……"

风陷入自我厌恶的旋涡，边说边抬头看向断头台的刀刃。

"话说回来，豺先生演技真好啊，就像阿尔玛本人一样。"

豺板着脸，似乎有些不习惯被人称赞。

"说起来，当时发现我的就是豺先生你！说我是老鼠！要是找个更好的借口，可能我就不会被发现了。"

"我当时真的以为是老鼠！还不是因为你穿着这么一身脏衣服！"

"这都是被豺先生你肆意使唤的证据！"

听冗这么说，豺惊讶至极，坐在棺材上。

"算了。行吧，我知道了，你赶紧滚回房间吧！春磨等下就要来了。你可别再干多余的事了，好好做你女仆的本职工作吧。"

"明白了。嗯……之前的事就一笔勾销，握手言和吧……"

冗伸出手后，豺立刻抬脚把她的手踢开，冗不禁因他孩童般的态度呵呵笑了起来。她立刻被豺用可怕的目光死死盯着，于是匆忙离开了地狱之间。

冗呼出一口白气。一楼走廊没有暖气所以极度寒冷，她颤抖着爬上楼梯，回到房间后立刻缩到床上。

豺反复不停质问，是不是在担心些什么呢？

到目前为止，除了冗被发现了以外，一切都在按计划顺利进行。

想着再复习一遍接下来的剧情展开，冗翻开从豺那里得到的剧本。

春磨的第一个任务是往白雪和阿尔玛的杯子里掺入安眠药。

接着需要有人发现戴着黑色鬼面的铠甲武士手上的预告信。如果没人发现，春磨就会假装是自己发现的。

等众人读完预告信上的内容后，冗将快艇炸掉，豺会启动信号干扰器，暴风雪山庄模式完成，本格推理的序幕就此拉开。

众人前去查看爆炸的快艇后返回馆内，此时春磨介绍笔迹鉴定软件，并判断出预告信上是阿尔玛的字迹，将怀疑集中在阿尔玛一人身上。

这时，白雪和阿尔玛会因安眠药感到十分困倦。春磨会佯装调查他的外套，实则将藏在手中的安眠药宛如从外套口袋中掏出一般展示给大家。

接着，他提议将被紧紧逼问的阿尔玛关进地狱之间内。春磨带着阿尔玛来到地狱之间后，让他在沙发上睡下。将铁门关闭后紧紧插上门闩的话，他是绝对无法从中逃脱的，其他人一定会对此感到安心吧。

吃过晚饭，众人回到房间的一个小时后，白雪和阿尔玛因安眠药熟睡时，春磨离开房间。

他来到地狱之间，将风帆提前装好滚轮的棺材推到沙发旁，把熟睡中的阿尔玛装入棺材后再将棺材推回铁门附近，熄灭暖炉的火，将伪装成铁棒的塑料管放到柴火后面。最后在离开地狱之间插上门闩后，他会用水将地板弄湿。然后春磨回到三楼，用备用钥匙潜入白雪的房间。

他拿起豺提前藏在床底的刀，狠狠刺向熟睡中的白雪的心脏，再取出准备好的海绵，浸满白雪的血液后装入塑料袋，藏进口袋。

接下来，他锁上房间，将内侧的门把手取下，安装上豺准备的小型屏幕。最后他要从窗户爬到阳台上，将备用钥匙丢进海里，跨过阳台栏杆回到自己的房间内，然后就这么来到走廊上，边喊着"白雪，怎么了"边敲她的房门。

这样一来，众人都会被吵醒，相继来到走廊上。

"我听到了微弱的叫喊声！"春磨如此说着，企图将上锁的房门撬开。他用挂在墙上的板斧敲掉门把手。由于内侧的门把手已经被取了下来，所以那里会出现一个洞，春磨便连忙与身旁的人一同向洞内窥探。当然，一同窥探的人会以为自己看见了房间内的情形，但那其实是先前安置好的小型屏幕播放的录像。春磨用遥控器回放录像。一片昏暗之中，躺在床上、胸口插着刀的白雪的身影便出现了，但只能看到刺向白雪的人是一个黑影。

这其实是前一天冈和豺拍摄的录像。冈装扮成白雪，而豺假装持刀刺杀。

不论怎么看，这都是白雪正在被袭击的画面。

录像中，凶手慌忙从窗户向外逃出。

春磨不停地挥着板斧，将门硬生生砸开。众人涌入房间，与录像中的场景一样，白雪胸口被刺，已经死去。趁大家呆滞地望着这一景象时，春磨悄悄回收小型屏幕。

一行人面面相觑，只有一个人不在现场。

阿尔玛。

于是众人会自然地认为是阿尔玛杀死了白雪。

他们一起来到地狱之间，发现铁门上紧紧插着门闩，拉开门闩走进去后，由于暖炉并没有点火，内部一片漆黑。他们拿出手电筒照明，一边点燃蜡烛一边呼唤阿尔玛。毫无回应。阿尔玛不在这里。

究竟是怎么逃出去的呢？众人正觉得不可思议时，春磨打开铁门旁的棺材。他将浸满白雪血液的海绵按到熟睡中的阿尔玛的衣服上，大声喊道："阿尔玛在这里！"

将阿尔玛唤醒后，他本人却说不记得为什么自己会睡在棺材里。

虽然很可疑，但这也证明了阿尔玛无法作案。

"嗯？这个是……"春磨指着阿尔玛的衣服说道。那里沾着白雪的血。

众人便又确信阿尔玛果然就是凶手。

"白雪被杀害时，只有他不在现场。但他被关在地狱之间内，仅凭一人无法逃出……"春磨说着，开始如名侦探一般进行推理。

"是不是顺着暖炉的烟囱爬出去的？"不知是谁这么说道，"所以火才熄灭了。"然而烟囱颇为狭窄，成年人无法爬入。

或许会有人说"有帮凶"吧。毕竟如果有人将门闩打开，那么实施犯罪就很容易了。

"打开门闩这种事谁都能做到，但是，在阿尔玛回到地狱之间后再帮忙插上门闩是不可能的，因为我们在白雪被袭击时一直在一起。"春磨说，然后拿出放大镜调查四周。

走出铁门，螺旋状楼梯下方有一处空无一物的空间。春磨盯着那里说道："阿尔玛当时并不在房间里……"

"什么意思？"有人像华生一般追问着。

"是很常见的诡计。他杀害白雪后躲在这个螺旋状楼梯下面，等我们所有人都进入地狱之间后再趁乱进来，在黑暗中钻进离自己最近的棺材中假装熟睡罢了。"

"原来如此！将暖炉的火熄灭是为了影响我们的视野啊。"华生拍手叫道。

当然了，阿尔玛全力否认。

"就算真的是那样，那我要怎么从这个房间出去？我是无法作案的！"

如此一来，还是回到了存在帮凶的话题上。

这下麻烦了，也没法继续睡觉了。一行人既害怕又困惑，身边可能有杀人魔的恐惧让他们疑神疑鬼。

这正是，本格推理。

在这之中，唯有春磨沉默着继续调查。

他伸手触摸铁门下方，发现地板有些湿黏，接着一副恍然大悟的样子走向暖炉。他将柴火取出，确认了暖炉深处的东西。

春磨将所有人聚集起来，说出了名侦探的经典台词："那么——谜题已经全部解开了。"

大家都会全神贯注地听春磨的推理吧。

"我无论如何都没想到身边会有帮凶存在，不，是我不愿意这么想。毕竟无论家人关系如何，都与我血脉相通。所以，我才以阿尔玛是凶手展开推理，十分抱歉。重点不是'谁是凶手'，而是'如何行凶'，也就是'How done it'。"

春磨随意在房间内走动，继续说道："首先，我感到疑惑的是预告信上的笔迹。凶手真的会犯这么低水平的失误吗？明明直接用电脑打印就能了事，却特意手写，意图是什么呢？外套口袋中的安眠药也是如此，那种低级错误很奇怪。于是，我推测阿尔玛也许是故意这样做的。"

"故意？为了什么？"

"为了被关进这里，为了被关进地狱之间里。他企图通过创造自己无法作案的情形，从而完成不可能犯罪。而我们完美陷入他的诡计之中，将他关进地狱之间。"

"但是，他是怎么逃出去的？按照刚才的方法的确可以进入，但是没有帮凶的话他是不可能逃出去的。"有人如此说道。

春磨拿出暖炉深处的塑料管，展示给众人看。由于之前火刚熄灭塑料管就被放进了暖炉，所以它受热熔化，已看不出原形。

"这是塑料管。厚度大约一厘米,外侧有银铁色的喷漆,而且进行过锈迹加工。当时我们将他关进来时,门闩上插的是这个。"

"不可能!门闩确实很重。如果真是塑料管的话,我不可能没发现!"应该是当时锁门的人说的。

春磨早有准备地回复道:"这是个经典诡计。阿尔玛在塑料管中装满水后冰冻起来,然后替换掉真正的门闩。这样的话,这根管子既有重量也有硬度。这个暖炉的暖气只通向二楼和三楼,所以这里的走廊十分寒冷,也就不用担心塑料管中的冰会融化。阿尔玛利用这个冰门闩将自己关了起来,接着点燃一根蜡烛,从内侧加热铁门,热量经过传导后逐渐将冰融化。冰融化到一定程度后,轻轻推一下,塑料管应该就会被折断。于是他打开门,将塑料管丢进火已熄灭的暖炉中。接着他来到走廊,插上真正的门闩,然后潜入白雪的房间,在白雪发出尖叫后将她杀害。等我们聚集到白雪房间门口时,他跨过阳台,通过我的房间回到一楼,藏在楼梯下等待。我们将真正的门闩打开,进入地狱之间后,他跟在我们后面进来,摸黑藏进棺材假装熟睡。不可能犯罪就此完成。这样一来就不会有人因冤被捕。或许这也算是热爱本格推理的他的一点儿诚意吧。"

大家都会被这番推理所折服。

阿尔玛衣服上白雪的血迹成了不可动摇的证据,他将被逮捕。

春磨则成了名侦探,这起事件会作为真正的本格推理在日本,不,在全世界成为热门话题。将其作为纪实文学出版也不错,如果创作成小说必定会大卖。

春磨不仅实现了对白雪和阿尔玛二人的复仇,同时作为人气作家重返文坛。

春磨看了这个剧本后大喜,欣然接受。

远程会议结束后,冚问道:"但是,将水冰冻后制成门闩真的不会暴露吗?鲣鱼干制成的刀还勉强说得过去,但冰冻门闩实在感觉不太现实。"

豻立刻吐槽:"蠢蛋。再怎么说也只是让人认为阿尔玛使用了那种诡计罢了。虽然会准备塑料门闩,但并不会真的使用那个诡计,毕竟阿尔玛并不会真的从地狱之间逃出去。"

"好复杂!"

"还不是因为你说什么'不能杀死白雪'!"

二人总是如此争吵着。

"但是,这样就完美了呢!"

冚高兴地说着,豻却嗤笑道:"这样就行了吗?"

冚忘记了。这份剧本说到底也只是给春磨的版本,实际上是要伪装白雪的死亡。

这个计划中最大的难题是得到白雪的支持。对白雪而言,她只要不去鬼人馆就行了,毕竟伪装自己的死亡毫无益处。

于是豻通过远程会议道明原委后,这样说道:"春磨对你的恨意不可小觑。就算你逃过这一次,今后他肯定还会想方设法要你的命,最终可能会不惜舍弃自己的生命吧。不顾自己安危的犯罪者是无敌的。而且,不得不永远逃亡的人生,你也不会喜欢的吧?"

接着,他又提出了一个能产生巨大利益的主意。

"为你自己上一份巨额人身保险,受益人设定为你最信赖的恋人。我会准备好你的新护照。虽然你将'死去',从此作为另一个人在国外生活,但绝不会为钱所困。"

于是白雪爽快地接受了。

毕竟她已经通过小说大赚了一笔,反正她自己写不出小说,也无法出版续作。她便说自己今后在国外生活就好。

当豻提出要由自己来演恋人时,白雪拍手大笑起来。

"傻乎乎的计划……但这样才有趣啊。"

不愧是亚我叉的女儿。也不知她是天生喜欢看乐子,还是本格推理狂。

白雪颇有兴致,甚至在会议的最后接受了豻的演技指导。

就这样,白雪收到了与春磨同样的假剧本,以及另一份真剧本。

平安夜的前一天。豻和风乘着载有小船的快艇来到岛上。

在鬼人馆完成各类准备并留宿一晚后,豻变装为阿尔玛,乘坐快艇回到陆地。他下午与白雪会面后,两人再与凤家其他人会合,装出一副初来乍到的样子回到岛上。

当然,黑色鬼面手上的预告信就是豻写的。虽然告诉春磨是他们想办法拿到阿尔玛的笔迹后伪造的,但实际上只要豻直接写就行了。

白雪的任务从晚饭开始。

因为春磨往他们杯子里放的是假安眠药,所以白雪必须演出困倦的样子。

阿尔玛被众人怀疑并关进地狱之间后,白雪则进入自己的房间内。她将装有血袋的护具穿戴在胸前,躺在床上装睡,等待春磨的到来。豻放在床下的那把刀是制作十分精良的伪造品,如果用力按压的话,刀刃会缩进。即使只是弹簧刀,其威力也足以让血袋破裂，让血液流出。

白雪被春磨用那把弹簧刀刺进胸口，佯装死亡。

"要是其他地方被刺可怎么办呀？"白雪如此担心地问道。但豺直说那是不可能的。由于春磨需要使用豺事先准备好的录像，所以他被豺告知绝对不能刺中与录像中有分毫不同的地方。

如此一来，春磨就会认为白雪已经死去。他从窗户出来，回到自己的房间后，声称自己听见白雪的呼喊声并且开始敲门。

白雪便抓住这个时机逃到阳台，将事先装在避难梯箱子里的人偶丢进大海，自己藏进箱子。阳台下是悬崖峭壁。漂浮在夜晚的海面上的人偶戴着与白雪相同的金色假发，所以任谁看都会认为那就是白雪。

大家会认为被刀刺中后奄奄一息的白雪难以忍受痛苦所以跳海身亡。或许春磨多少会有些疑问，但既然达到了复仇的目的，就不会去做多余的调查吧。

而扮成阿尔玛的豺装睡着被春磨塞进棺材里之后，只需要稍作等待就好。

等全员赶到地狱之间，春磨打开棺材，阿尔玛再做出刚睡醒的样子。

春磨一副侦探做派地揭露冰冻门闩的诡计，给阿尔玛安上凶手的身份。

白雪趁这个机会悄悄离开馆，前往放在洞窟内的小船，与风一同藏身。

阿尔玛在追问下不断否认，然后佯装精疲力竭地倒下。趁所有人大意时他立刻跑出地狱之间，关上大门，插上门闩。将所有人关在里面后，他离开场馆，在后方的峭壁边脱下鞋子，摆放在栅栏前，接着与风和白雪会合，一同乘坐小船离开鬼人岛。

三人离开后,信号干扰器也失去作用,凤家一行人的手机又有了信号,警察和救护车便会赶去岛上。

看见摆放在悬崖前的鞋子,他们会认为阿尔玛也跳入海中。其他人应该会觉得阿尔玛是罪行暴露后自杀,而春磨则会认为阿尔玛因无法接受失去白雪而自杀。

警察搜寻附近海域,但没能发现二人的尸体,因为白雪的人偶是由水溶性的特殊材质制作的。

这样一来,事件就变成白雪被杀害,阿尔玛杀死白雪后自杀,搜寻便到此为止。世间会不断讨论这起事件。

春磨自认为达成复仇,名侦探作家的称号也成功得手。

白雪获得高额保险赔偿,过上悠然自得的生活。

被扣上凶手帽子、名为阿尔玛的男人从来都不存在。

豺从春磨那里获得高额报酬。

没有一个死者出现,凤非常高兴。

这才是真正的剧本,完美的计划。

凤看了眼手机上的时间,距离大家回到房间已经过了一个小时,春磨差不多要开始行动了。她难以抑制兴奋的心情,所以打开了YouTube。凤本想听听八音盒的音色静心,结果不小心播放起了风格华丽的MV。作者是名为Ghostrich的艺术家,MV中的许多美女正相互往身体上涂抹黄油。她反而变得更兴奋了,不知不觉看得入了迷。这时无线通信器响了起来,是豺打来的。

"糟了。信号干扰器没电了。"

"啊!"这时凤才终于意识到,"真的!我都能看YouTube

了！为什么不提前充满电啊？这不是犯了和电热睡袋一样的失误吗？！"

"可能是家里的插座坏了。"

看来豺意外地有些粗心。风分外苦恼，但豺的声音一如既往地毫无波澜。"但这不是问题。我让你带了备用的信号干扰器吧？立刻启动。"

"欸？我带了那种东西吗？"

"是和手机差不多大小的小型干扰器。我塞进你的背包里了。"

听豺这么说，风笑了起来。

"哎呀，真是的，我不是说过了吗？背包和快艇一起爆炸了呀。"

寂静。

过了几秒后，耳机震动起来。

"你这个蠢猪！"

"请别再旧事重提了。这件事我刚才不是已经道过歉了吗？而且现在没空生气吧，这下要怎么办啊？"

豺发出低微的轻吼声。风眼前浮现出他努力平息怒火的脸。

"屋顶上有接收信号的天线。只要破坏天线，馆内就永远收不到信号了。"

"是道难题啊。但是我会加油的！"

"蠢货！谁说要让你去了？我来。要是交给你的话，肯定会变成无法挽回的大失败！"

"啊，这样啊。但是你要怎么爬到屋顶上去呢？"

风来到阳台上，在刺骨寒风中抬头看向屋顶。她所在的三楼以及四楼的天花板都很高，应该有十五米左右。

"要爬到那么高的地方去是不可能的吧！"

"从旋转楼梯顶上应该可以出去。"

楼梯尽头并不在鬼之间所在的四楼,而是一直延伸到屋顶。

"确实!"

"听好了,听到指示就马上过来把门闩打开。"

"那是冰冻门闩吧,让它自己融化不就好了吗?"

"不是都说了那只是障眼法吗?现在插着的可是真门闩!"

"这样啊,真复杂。那我现在就去给你开门哦!不早点儿行动的话可能会有人发现信号恢复了!"

风回到房间内,手刚放到门把手上就听见了豺的怒吼。

"你这蠢货!不等春磨先行动的话我出不去啊!我现在可是阿尔玛。"

"对哦,你必须得先装睡,等着春磨先生把你塞进棺材里是吧?"

"对啊。所以你等春磨过来又离开之后,再过来开门。"

"但是,那样的话春磨先生会立马去袭击白雪小姐吧,其他人赶去现场时也会确认有没有信号。这不是根本没时间嘛!"

"我也给了春磨无线通信器,所以没问题的。我现在就联系他。只要告诉他信号干扰器没电了,在我破坏天线前让他在房间内待命就行。"

"欸,那你直接和春磨先生一起离开地狱之间,去破坏天线不就行了吗?"

"都说了!春磨以为我是阿尔玛!"

"欸,是这样吗?真的好复杂啊。"

"还不是你把计划搞复杂了!听好,别再干多余的事了。你要做的事很简单。一会儿春磨会下来把我——不对,把阿尔玛搬进棺材里,然后回到房间内待命。接下来我会发出指示,你就下来给我开门。我爬到屋顶上把天线破坏掉，你在旋转楼梯上望风。结束之后我会回到地狱之间里，你把门闩插好之后也回房间里去就好。无论发生什么事都不能有多余的行动！绝对不行哦！"

"这是……让我干些多余的事的铺垫吗？"

"别开玩笑了！"

凤将耳机拿远了些，进了厕所。

与天狗馆不同，这里的每一个房间都配有一体化浴室。她洗手后顺便洗了把脸，把睡衣上摆塞进裤子里，又轻轻摸了摸"噗噗"，把它挂在肩膀上。凤准备齐全，以随时可以飞奔出去的状态等待了几分钟后，无线通信器响了。

"春磨按计划下来又回房间里了。现在来给我开门。"

"收到。"

凤悄悄离开房间向楼下跑去，每走下一级台阶空气就变冷一分。她来到一楼，轻轻将门闩打开，刚要走进去，豺就从棺材里跳了出来。

"哇！吓死我了！还以为是僵尸！"

明明是提前知晓的事，凤还是吓得腰软了一下。

"睡在棺材里的是吸血鬼。"豺已经完全不为所动了，冷静地吐槽了一句，说着"开始行动"就冲到走廊上。

"收到。"

凤紧跟其后，蹑手蹑脚地爬上旋转楼梯。他们顺着鬼之间所在的四楼再向上爬去，发现了一扇小门。

"待在这儿。如果有人来了，就灵活地应付一下。"

"收到。"

"为什么从刚才开始就只会回这一句啊？别说这句话了，真让人火大。"

"收到。"

豽放弃吐槽，直接爬到屋顶。刺骨的强风从小门吹进，冘立刻关上了门，稍等片刻便听见天线被破坏的动静。

冘拿出手机检查信号。Ghostrich 的 MV 中的美女们在自己涂满黄油的身体上点起了火。等一下，这是要干什么？她不知不觉看着视频入了神，突然听见楼下传来一阵叫喊声。

"啊啊啊啊啊啊啊！"

欸？

是白雪小姐的声音？为什么？春磨先生在天线被破坏前应该待命啊。话说回来，白雪小姐根本不应该叫喊，而是应该在装死啊。

糟了，有什么地方出错了。白雪可能真的遭到袭击了！

"豽先生！我听见了白雪小姐的叫声！"

黑夜中，远处的豽立刻回头："啊？"

他似乎立刻意识到计划有偏差，从屋顶回到馆内。

冘没有等豽回来就直接跑下楼梯。人命关天，她已经顾不上原本的计划了。她来到三楼附近，听见向上跑来的脚步声。冘不顾来人，直接跑向白雪房间。

"救命！"白雪在房间内大叫着。房门被锁，无法打开。

房间内传出"咚"的一声撞击声。可能是她撞到了门上吧，或许她正在被袭击。

冘取下挂在墙壁上板斧，向门砸去。但门把手十分坚硬，她的手腕和板斧一同被弹开了。

"拿来！"

豽夺过板斧，用力向下挥去。虽然砸坏了门把手，但门仍然无法打开。豺瞄准钥匙孔的周围,再次挥斧。

"呃啊——"

房间内再次传出悲鸣。与此同时,秋罗和红叶从左侧房间跑了出来。

"怎、怎么了?"

豺一言不发地挥舞着板斧,终于将门破坏,打开了门锁。他将板斧扔到一旁,飞奔进房间。风紧跟其后。

空无一人。

房间内十分昏暗、寒冷,窗户大开着。在外面。豺和风直奔阳台。

继秋罗和红叶之后,羽贺也从房间出来了。

"怎么了?"魅子和琉夏也跑了出来。

"那个!"秋罗看着栏杆下方喊道。风和豺也向下看去。

昏暗的海面上漂浮着一个人影。

"是谁?"

风毫无动摇。那是白雪的人偶。莫非,是照计划正常进行了?

趁着众人看向海面,风抓住时机,打开避难梯的箱子。

欸?

人偶被紧紧塞在箱子里。

那,掉进海里的是……

没错,一定是白雪。果然计划还是失败了,白雪被春磨杀害了。

她再次向下看去。那个人影没有任何动作,与其说是将身体靠在海浪上,不如说只是漂浮在海面上。

有人在呆愣着的风耳边轻声叹道:"怎么回事……"

她回头，看见一头美丽的金发。

"欸？"

是白雪。

为什么？那，漂浮在海面上的是……

"谁？"冴大叫着环视众人。

秋罗和红叶、羽贺、魅子和琉夏，还有夏妃和广海，右田也在。大家都来了。

不对，没有都来。还有一个人不在。

是春磨。

说起来，刚才听见的第二声悲鸣是男性的声音。

她不明白到底发生了什么，但春磨掉进海里是事实。

"警察！得赶紧呼叫救援！"

冴回过神来，拿出手机。

拨打一一九。

无法拨通。

她恍然大悟般抬起头。

豺吐出一口白气，双手做出折断什么的姿势。

"咔嚓。"

冴的耳边仿佛响起天线被折断的声音，她内心的一线希望也被折断了。

8

难以想象那副被海浪拍打在悬崖壁上的身体方才还活着。如果被告知那是具人偶，应该会轻易相信吧。

在海面上散开的白发，在月光的照射下显得越发虚幻。

即使飒出去用望远镜确认，那也毫无疑问就是春磨。

飒受到巨大打击，回到客厅，发现大家都筋疲力尽般坐着不动。就连总是忙东忙西的右田也一副无精打采的样子，双眼红肿。

豺来到客厅时，夏妃打破了寂静。

"你是怎么出来的？"

"我让她给我开的门。"豺看向飒说道。

他仍然扮演着阿尔玛。由于白雪已经告诉大家是春磨袭击了她，所以没有人怀疑阿尔玛了。

"我想和你单独谈谈。"阿尔玛如此说道，带着白雪向房间走去。

"我去趟厕所。"飒也跟着二人离开客厅。

"发生什么了？"进入白雪的房间后，豺立刻问道。

"我还想问呢。"

白雪看向桌上的小说。描绘着妖艳的人鱼馆的封面上，有一道被刺破的痕迹。

"那家伙从床底下拿出刀后，刺向这本小说。"

"欸？"岚感到十分惊讶。

白雪则瞪着豹。"你看，刺破了哦。为什么？刀刃不应该是伸缩的吗？"

豹冷静地回答道："不可能的。我在床下放的确实是伪造品，我甚至没有把真刀带到岛上来。"

"总之我看到那一幕后就一跃而起，但是那家伙还是向我冲过来要袭击我。我想逃跑，结果被堵在门口，所以立刻躲进浴室锁上了门。"

"所以我们冲进房间时白雪小姐才不在啊。"岚确认道。

白雪坐到床上。"是的。你们冲进房间时，那家伙就放弃了，从窗户逃走了。再之后的事情我就不知道了。"

豹阴沉着脸思索着。岚摸了摸《人鱼馆杀人事件》。"为什么春磨先生会刺向这个呢？"

豹夺过小说，粗略地翻阅起来。

"春磨产生杀意的原因就是这个，估计他从心底憎恨着这本书吧。但是，你为什么要把自己的小说放在这种地方炫耀？"

"那是小岚给我的，说是想要我的签名。"白雪无可奈何地说。

豹喊道："又是你！不是都让你别干多余的事了吗？"

"不是，但是，因为你是在我把书给白雪小姐之后才那么说的，所以……"岚挑着字眼辩解。

但豹既不再吼她也不生气，只是面无表情地盯着她，反而更让她害怕。

"对不起。但是，多亏有这本书在。它救了白雪小姐一命呢！"

豹将小说放回桌上。"只看结果的话,确实是件好事。"

"小飒,干得漂亮呢!"

听见白雪这么说,飒便朝她竖起大拇指。

豹咬着嘴唇说道:"所以,那家伙是打算逃到隔壁的阳台时,不小心掉下去了,对吧?"

白雪站起身时,豹说道:"来验证一下吧。"

他说着便走向阳台,飒跟在他身后。

方才无暇顾及,现在才感觉到外面实在寒冷至极。飒将手缩进睡衣袖口中,看向位于右侧的春磨房间的阳台。"但是有些奇怪。如果打算跨越阳台的话,掉下去也应该是掉在栏杆内侧,不会掉进海里吧。"

"正是如此……果然还是应该认为春磨是被人推进海里的。"

"如果是那样的话,迟来的人就比较可疑了。"

"确实,但是……"豹手扶栏杆,向远处眺望。

"话说回来,为什么那把刀被换成真刀了呢?"

"我确实在床底放了伪造品,有人将伪造品换成了真刀。"

"这样的话,也就是说我们的伪装杀人计划被其他人知道了,是吗?"

"凶手知道我们的计划,于是打算利用这个计划促使春磨杀死白雪。"

"原来如此……对了,我们告诉过春磨先生,让他在天线被破坏前等着,对吧?为什么他会无视那个指示直接去袭击呢?"

豹沉默片刻后,转身说道:"不,不对。说不定正是春磨识破了我们的伪装计划,所以才无视我们的指示,并将伪造品换成真刀。不可能有第三方知道这个计划。"

"如果是这样的话,那是谁把春磨先生……"

"是自杀。刺杀白雪以失败告终，他无处可逃，所以放弃了吧。"

"但如果是自杀的话，会叫得那么大声吗？"

"这不能断言。即使做好觉悟，也难以抵抗面对死亡的恐惧。"豺紧紧盯着昏暗的大海。

风耸了耸鼻子，嗅了起来。

"怎么了？"

"嗯……刚才的推理，总感觉散发着香气啊。"

"香气？说什么呢？是有味道吗？"

"是的，没错。"

"搞什么啊，措辞那么优雅，真不像是猪呢。"

"你不知道吗？猪可是既优雅又爱干净，而且和狗一样嗅觉发达的哦。我也是一出生就嗅觉灵敏……"

豺重新面向风，看着她那副厚重的眼镜。"视力不好所以嗅觉发达是吧？"

"是的！不愧是豺先生！"

"一般来说应该会听觉发达啊。"豺有些嘲讽地笑了。

"是吗？各人选择不同吧。"

风也不生气，将鼻子凑近豺的身体。

"一股汗臭。你洗澡了吗？"她夸张地捏住鼻子，结果被豺敲了下头，"好痛！你这完完全全是职场霸凌吧。"

"突然闻别人身上的味道才是完完全全的性骚扰啊。"

"那你就是家暴。"

"可惜我和你根本不是家庭关系。"

这么说来确实是这样，风只能放弃挣扎，回到刚才的话题上。

"不管怎么说，我们的作战失败了……坐小船回去，叫警察过来吧。"

"你给我留在这里。我出去匿名报警。"

"欸，那豹先生你不再回来了吗？"

"那不是肯定的吗？我可还因为鱼住的事件被警察追捕呢！"

"但是，警察来调查时豹先生你不在的话，可能会被认为是凶手哦！"

"不可能。你可以证明我没有作案时间。而且，就算我被认为是凶手也完全无所谓，反正我只要舍弃一切消失，然后用其他名字生活下去就行了。这次我已经从春磨那边收到了全款定金。"

"欸……总感觉有点儿狡猾啊。"凨鼓起脸颊。

豹向她伸出手。"喂，拿来。"

"什么？"

"还用说吗？之前给你——"豹忽然停下了。

"什么啊？"

豹没有回答。

他望向海面，紧紧盯着海平线。

"欸，怎么了？"

片刻后，豹轻轻开口道："有个遗憾的通知。"

"什么？"

"小船的钥匙，在你的背包里。"

凨僵住了。

她眼前浮现出快艇盛大爆炸时的情景。

"呜啊啊啊啊啊啊！"凨像拉响警报一样大叫起来。

豹只是面无表情地说道："我还想喊呢。"

"就算没有钥匙，难道没有什么别的办法吗？还有吧！用铁丝戳一戳之类的！豺先生不是很擅长这种事吗？"

"那艘小船使用的是最新型的电子锁。不可能的。"

"为什么？为什么现在才想起来？要是早点儿想起来的话，就不用破坏天线，可以直接呼叫救援了！"

风步步紧逼，豺猛地睁开眼睛。"是我的错吗？这是我的错吗？还不是因为你把背包一起炸掉了！"

"为什么要让我拿那么重要的东西？"

"嗯嗯，是啊，想着待命时要是发生意外就糟了才把那么重要的钥匙交给你，这完全是我的失误！所以刚才我没有生气啊！"

"但是你现在不是在生气吗？"

听风这么吐槽，豺立刻闭上眼睛开始深呼吸，一副已经不想再考虑任何事的样子。

风呆愣地盯着海面。

"啊……这样一来，就真的变成暴风雪山庄了呢。"

"多亏了你，真是前所未闻的事。"豺站在她旁边，垂着头，"真是我一生的失败啊……让你当我的助手本身就是个错误……"

纯白的气息从他口中吐出，又转瞬即逝。

仿佛追逐那缕白气一般，坚定有力的气息从风口中呼出。

"但是，我不会认输的。"风抬头望向夜空中的繁星，"我会替春磨先生报仇的。"

"不，都说了那家伙是自杀。"

"我不那么觉得，一定有凶手。"

"证据呢？"

"还没有。"

豺嗤笑道："说什么呢？差不多得了。"

"我说，目前还没有。我接下来会找到的。"听到风如此断言，豹皱起了眉。

风像是忽然变了个人一般，目光坚定又认真。

"我很不甘心。明明是为了不让任何人死才来到这里的……真的很不甘心。所以，我一定会找出凶手。"

"你到底有多自大啊……"豹吐出一口白气，淡淡地说道，"你能在天狗馆里找出凶手，只是运气好罢了。能找到我家来，也只是因为碰巧偷听到我和春磨的对话而已。推测出下雨的事也是一样，你只是运气一直很好而已。你现在连雏鸟都算不上，真的觉得自己身为仍在蛋壳里的侦探能找出凶手吗？"

"是的。"风直勾勾地看着豹，"因为我是奥入濑龙青转世。今天，我就要在这鬼人馆里破壳而出！"

她用力合掌，发出一声清脆的响声。豹紧紧盯着她的眼睛，沉默着将假发摘下，用力扔了出去。

"啊！"

风不禁发出的叫声随风飘散。假发飘荡着落下，最终消失在海浪之中。

豹一副做好觉悟的样子，微微笑道："真没办法。我来解开这个谜题，你来当华生。"

"不对不对不对，反了反了，我应该是福尔摩斯，豹先生你当华生。"

"啊？凭什么我要当你的助手？开什么玩笑，信不信我推你下去！"

豹从背后推了风一把，她奋力抵抗。

"出现了！V！是V！来人啊，救命啊！"

"V？什么东西？"

"不是DV，只是V！纯粹的violet！"

"要这么说也应该是 violence 啊，笨猪，你打算变成紫色干什么？"①

"那正好，因为被你碰过的地方都会变成瘀青、紫斑。"

"这样啊，那要试试吗？头伸过来，我把你的脖子折成 V 形。"

"啊！纯纯杀人犯！"

二人就这么一路吵闹着回到了房间。

---

① DV（domestic violence），家庭暴力。violet，紫色。violence，暴力。

9

"哎哟，什么啊……"夏妃喃喃道，将杯子重重放到桌上。

豺将众人聚集到客厅，坦白了一切，告诉众人他接受春磨的委托，而后为了阻止其杀人，说到底还是出于善意所以策划了伪装杀害白雪的计划。

白雪也承认了所有事，还补充说明了自己的小说使用影子写手的事实，说清了被春磨袭击的来龙去脉。

为了证明自己说的是实话，豺将客厅中的隐藏摄像头拆下给大家看，风则将白雪的人偶拿了出来。

所有人都一时失语。

说出破坏天线的事情时豺遭到众人的怒视，说出丢失小船的钥匙时则轮到风遭到众人的怒视。

"骗了大家，真的非常抱歉！为了阻止春磨先生，只能这样了！"

风虔诚地道歉后宣布道："但是没关系，因为我会将凶手揪出来的！"

"别管她，我会解开谜题的。"豺插话说。

风看着手表说："啊……话说回来都已经是二十五号了！圣诞快乐！"

有人一脸困惑，有人稍显惊讶，有人略带笑意……众人反应不一，但没有人指责戌和豸。

"随你们的便，但是侦探过家家得从明天开始啊。"夏妃边起身边说。

众人纷纷同意，看来大家都有些筋疲力尽了。

"只有一件事。"豸开口叫住夏妃，"趁着大家仍记忆犹新，我想了解一下当时赶到白雪房间的顺序。"

夏妃有些不情愿地坐了回去。大家开始各自阐明自己何时离开房间以及当时看见了何人。

最先离开房间的是右田。

据说她睡不着，于是在二楼的厨房里烧了水。当时听见叫喊声后，她便顺着旋转楼梯向上跑去。戌在下楼时听见的脚步声就是右田的。但是，她声称自己在到达三楼时扭到脚摔倒了。

豸用板斧砸门时，最先赶到的是左侧隔壁房间的秋罗和红叶。

接着是羽贺。他声称看见秋罗和红叶进入白雪房间，便跟在二人之后。

而目击了这个瞬间的是琉夏。据他说，他与稍迟些从房间里出来的魅子一同进入白雪房间，接着白雪便从浴室中出来了。三人犹如追赶秋罗和红叶般跑到阳台上。

最后从房间里出来的是夏妃和广海。他们说看见魅子进入白雪的房间，也想跟着进去，但转头发现了倒在楼梯入口处的右田，于是和右田一同进入白雪的房间。

"右田小姐是刚到达三楼就摔倒了，对吧？当时看见走廊上有人吗？"戌问。

右田努力回想着说道:"最先跑出来的是羽贺,然后是琉夏少爷,最后广海先生和夏妃小姐出来时注意到了我,便把我扶了起来。"

众人的证言全部一致。从楼梯口看不见秋罗和红叶,还有魅子的房间。证言中找不出矛盾点。

右田似乎扭伤了右脚,羽贺帮她做了简单的应急处理。虽然还是只能拖着脚,但她好歹能走路了。

"话说回来。"羽贺看向风,"刚才,你在阳台上自言自语地嘟囔了好一会儿,对吧?那是在干什么?"

"啊……那个时候我误以为要破坏天线就必须从外面爬上屋顶,在从阳台往上看呢。不是在自言自语,是在和豺先生用无线通信器通话。"

"原来如此。"

"羽贺先生,当时那么晚了你也在阳台上吗?"

"睡不着,出去抽了根烟。"羽贺从胸前的口袋中拿出一包烟。

夏妃一副没精神的样子起身道:"反正大哥是自杀吧,那进行多余的调查也只是浪费时间而已。"

同胞哥哥死了,她却丝毫没有受到打击的样子。秋罗和白雪也是,能从他们脸上看出疲倦,却看不到悲伤,红叶、广海、琉夏和魅子看上去都比他们痛苦多了。

"因为还不能简单断定。各位,请多加注意,好好关紧门窗哦。"风叮嘱道。

广海轻声说:"简直就是本格推理呢。"

众人视线交错。

他们脸上都毫无惊讶的神色,全都一副理所当然的表情。

"那么,我就用春磨的房间了。我绝对不想再睡在棺材里面了。"

豻刚起身,风便说道:"那个房间窗户的锁坏掉了哦。还是睡在鬼之间里比较好吧?毕竟那里也能从里面挂上门闩。"

"那个房间没有暖气。你想冻死我吗?"

"啊,这样啊。"

"没事,窗户锁不上只是小事。"

"也是啊,名侦探有被袭击的可能,但如果是豻先生的话就完全不用担心了呢。"风嘻嘻笑着。

"这样啊,那我也有危险。你的房间给我用。"

"啊!不行!我怎么能和豻先生一起睡觉呢?"

"谁要跟你一起睡觉了?你去地狱之间睡。铁处女刑具里面怎么样?或者断头台下面我也很推荐。"

"好过分!大家都听见刚才那番话了吧?果然还是把这个人关进地狱之间里吧!"风大喊着,自然引发一片笑声。

众人在不知不觉间,被风的开朗性格影响了。

一行人一个接一个地爬上楼梯,回到各自的房间内。

"你再留一会儿。"豻对风说道。

风跟着豻进了春磨的房间,豻好像是要调查春磨的所有物。

房间的钥匙被放在桌上,但二人要寻找的手机不见踪影。"在他口袋里吧。"豻如此说道。

搜寻春磨的包,他们发现了从亚我叉那里继承的笔记本,上面行文流利地写有小说中被使用过的诡计或是作为诡计原型的灵感。这对狂热爱好者而言是不可多得的宝物,风不由得看入了迷。

"欸,这一页是什么?"

最后一页上写着"亡灵馆"三个字,下面分条书写着利用馆的构造的诡计。

"废案吧。"豺说道。所有的诡计都被画上了叉。

"但是，亡灵馆相关的诡计已经在前面总结过了。而且，这个字迹不是亚我叉先生的，是春磨先生的吧。"

豺立刻拿出手机，用软件鉴定笔记上的笔迹。结果与预想的一致，笔记出自春磨之手。

"那家伙是不是在考虑写续作？"

"嗯……如果是续作，我觉得应该会用新的场馆吧。还有，这些字母是什么呢？"

每一条诡计的末尾都写着四个字母之一——S、W、H、F。或许是什么东西的首字母。

"谁知道呢。"

豺并不非常在意，翻开了日程本。

"有股香味。"飒嗅着诡计笔记本的味道。

没有其他值得注意的事，飒便回到自己的房间。她冲了个澡，躺到床上。今天一天之内实在发生了太多事，她想立刻沉沉睡去，却难以入眠。

她的脑海中浮现出渐渐陷入泥土中的春磨的脸。

那双眼仿佛在述说什么一般紧紧盯着这边。

她打了个冷战，坐起身来。

果然，豺的推理中还有很多不合逻辑之处。

那个春磨先生真的会自杀吗？

虽说他被逼入绝境，但还是以杀害白雪小姐未遂结束了。如果是怀抱有那样深重恨意的春磨先生的话，应该无论如何都会先杀死白雪小姐再自杀。

飒抱着软乎乎的枕头认真思考着。

一个非常单纯的想法出现在脑海中。

如果是白雪小姐撒谎了呢？

白雪小姐将春磨先生推下阳台，然后藏在浴室中。只要这样就能制造出当时的情形。正如豺先生所言，计划是不可能暴露给第三方的。

凶手就是白雪小姐。

没想到这么快就找出真相了。

明天早上要怎么跟大家说呢？毕竟没有警察在场，还是别把事情闹大比较好吧。

冈这么想着，不知何时进入了梦乡。

她醒来时已经过了十点。

接下来要进行的，是能左右对方人生的重要推理。

她打算先收拾一下自己，用肥皂洗了脸，拍了拍脸颊。今天比往常更有朝气。她将手沾湿，整理好因为睡觉而凌乱的头发。连头发都更有光泽了，有种今天状态绝佳的感觉——与其这么说，不如说她不这么想就撑不下去。

冈换好衣服，将"噗噗"挂在肩上后离开房间。客厅里只有右田和羽贺。毕竟深夜发生了那种事，看来大家都还在休息。

冈回到三楼，敲了敲豺的房门。虽然门立刻开了，但豺一副刚被叫醒的样子，原本就有些蓬乱的头发更乱了。

"干什么……"

"我知道凶手是谁了。"

冈先说出结论，豺眼神一变。

"真的吗？"

冈进入房间，将推理告诉豺，豺听后不由得笑了。

"我们当时听见春磨的叫声之后立刻破门而入,白雪并不在场。"

"但是有二十秒左右的间隙吧?如果只是从阳台跑进浴室的话,也来得及呀。"

"特意做这种麻烦事的动机何在?那家伙可是被春磨袭击了,要杀春磨的话光明正大地杀就行,反正是正当防卫。"

夙无法反驳。"确实……"

"嗯,但是从白雪也想把案件包装成本格推理的角度来看,倒也不是完全不可能。等会儿和她本人对质一下。先吃饭。"

豺离开房间,夙则耷拉着肩膀下了楼。这时,楼下忽然传来一声惨叫。豺迅速跑起来,夙也急忙向下跑去。

两人跑进地狱之间,看见秋罗瘫倒在地。

地狱之间充斥着奇异的臭味,比天狗馆那时还要严重,是一股从未闻过的强烈的刺鼻气味。

稍显昏暗的房间深处,被染成一片深红。

有东西随着暖炉的火光轻轻闪烁着。

断头台上横躺着一具纤细的身体。

巨大的刀刃重重落下,沾满血液的头颅滚落在地。

那一头熟悉的金发,方才还在白雪的脖子上。

没有人说话,甚至没有任何眼神交流。

所有人都被面前的景象夺走了言语。

"别靠近。"豺如此说道。

众人在离尸体较远的位置聚集起来,也有人背过身抑制呕吐的冲动。

情有可原。一具无头尸体当然会让目击者陷入恐惧的深渊。

面对这幅令人毛骨悚然的怪异景象，别说风，连豺都紧紧皱着眉。

白雪的尸体腰部及手足被固定在断头台上，脖子断裂处喷出的血液将其上半身染成一片殷红，被斩断的头部仍浸泡在一摊血液之中。虽然眼睛是闭着的，但像是下一秒就要睁开一般鲜活，那姣好端正的面容反而让人不寒而栗。

风按照豺的指示，用手机从各个角度对尸体进行了拍摄记录。豺戴上带来的皮革手套，从风拍过的地方开始进行调查。

"是他杀。"风小声对豺说。

豺沉默着点了点头。风若无其事地环视一圈，看来人真正受到惊吓时是发不出声音的，所有人都脸色惨白，愣在原地。右田颤抖着忍住眼泪。

"还是别看了，大家去客厅里休息吧。"风朝众人说道。

豺站起身来。"所有人一起去搜查看看岛上有没有入侵者，搜查完毕后再休息。"

"这是无人岛，怎么可能有入侵者？"夏妃反问。

豺环视所有人的脸。"那也就是说，凶手就在我们中间。"

众人恍然大悟一般相互打量。

"看来只能搜查岛上了。"秋罗轻声说。无人反对。

"禁止单独行动。先分成两队搜查馆内，再一起搜查外面。"豺指挥着。

"右田小姐就在这里休息吧，毕竟刚才扭伤脚了。"风补充说。

夏妃摆出一副无精打采的样子，扶着额头说："那我也需要休息，睡眠不足，现在状态很差。"

谁都看得出她是想偷懒。眼看豺的脸色阴沉下来，风急忙说道:"身体状态不好的人请不要勉强自己。我会和豺先生一起调查现场。拜托大家了。"

她深深鞠了个躬,众人三三两两地离开了地狱之间。

豺拦下右田,对她说道:"一个人待着很危险。跟在她身边。"豺用下巴朝夏妃的方向示意,右田点点头离开了。

"原来豺先生也有温柔的一面啊。"风关上铁门后说。

豺连头都不回地答道:"蠢货,当然是为了让她去监视夏妃了。企图单独行动的家伙很可疑,这是推理小说的铁则吧。"

"哦,原来如此。"

"虽然说了让他们去搜查入侵者,但反正肯定没有入侵者,凶手应该就在他们中间。"

"虽然不太愿意这么去想……"

这是风的真心话,但她无法否认豺说的也是实话。

她就这么含糊其词地拿着手机,围绕断头台拍摄。

"再亮点儿。"

风听到豺的话,点燃了蜡烛。

二人借着摇曳的烛火重新观察尸体。

令人在意的是尸体的右手。大拇指与小拇指相抵,竖着三根手指。

"食前讯息……"① 风轻声喃喃后,立刻被豺用平静的语调纠正了。

"这里不是餐厅。"

房间内响起铁器摩擦的咔嚓声,是豺解开了断头台上的束缚刑具。白雪的手腕和脚腕仍然白皙美丽,连擦伤都没有。

---

① 风想说的是"死前讯息"。

"没有挣扎过的痕迹啊。"

风环视四周。

"房间内也是。"

"看。"豺稍显艰难地举起白雪的头,可以看见后脑勺处有被殴打的痕迹,"看来是被钝器击打之后才被绑在这里的。"

如果是被强迫绑在这里的话,白雪肯定会进行抵抗,那样就一定会留下些痕迹。

风点头赞同。"毕竟她一脸安详的表情。"

"昏倒之后才被斩首的吗?还是被打死之后才被斩首的……"

"那凶手为什么要特意用断头台?"

豺思考片刻后,低头看向那颗人头。

"有可能是想遵循小说中的做法。"

"哦,原来如此……"

风想起来了,《鬼人馆杀人事件》中,第二位受害者就是在断头台处被杀害的。

"这样的话,接下来也很危险。毕竟《鬼人馆杀人事件》中,受害者一共有三位。"

豺一言不发,在房间内四处走动。

他的视线停留在其中一个拷问刑具上。豺弯腰捡起铁球,上面沾着血渍。

"凶器是这个?"

风探头看,原本应该与刑具相连的锁被打开了。"应该吧。"

豺抬了抬下巴,风拿出手机拍下照片。

之后二人潜心调查现场,但并没有特别值得注意的事。

二人也调查了白雪的房间,同样没有奇怪之处。床头柜上放着手机，二人企图打开时发现设有密码。

"啊……但是，这个可以刷脸打开哦。"

飓拿起那部手机，回到地狱之间，尝试着放在白雪的尸首前，但仍然无法解锁。看来死亡后的脸是无法被识别的。

"虽然麻烦得要死，但还是踏踏实实来吧。"豺往自己的房间走去。

"你要干什么？"

"当然是问话了。打断搜查，把他们一个个喊过来吧。"

"好的……"

飓听话地离开地狱之间。完完全全被当成助手使唤了……她很讨厌豺那副命令的口吻，但现在不是吵架的时候。她来到客厅，喝了两杯右田制作的水果奶昔。连豺的那份也一起喝光后，她先去找了夏妃。

"等我吃完吧。"夏妃嘴里塞着热三明治说道。看来她已经放弃撒谎说自己状态不好了。

"麻烦你了。"

飓从厨房拿了一排又青又硬的香蕉，去了豺的房间。

"肚子饿了吧。总之先吃这个，这是高级货，连皮都可以吃的。"她说着，将又青又硬的普通香蕉递给豺。

"哎哟，还挺机灵。"

豺接过又青又硬的香蕉，连皮一起大口吃了起来。

10

最后一位是右田,等她离开房间后,豺看向时钟。

对所有人问话完毕,花费了将近两个小时。

回想整个过程,负责问话的基本是风,豺就像是审讯室的警察一样,只是在身后将审讯内容记录在笔记本上。虽然感觉这是他第一次作为助手为风工作,但那副沉默着观察对手表情的样子颇有名侦探的神采,风渐渐有些心烦。

"豺先生你一句话都不说啊,都让我问了……"风抱怨道。

豺扭了扭脖子,发出"咔嚓"的声音,同时起身说道:"因为问话不需要体贴,你比较合适。"

"什么啊,真是毫不体贴的说法。"

风躺倒在床上,豺将笔记本扔到她身上,离开了房间。

"我去吃饭。有什么留意到的事就写进去。"

虽然刚才连皮带肉地吃了一排香蕉,但看来还是有些不够。

真不愧是豺。风对他那副野兽模样感到震撼,翻开笔记本,不由得发出"哇"的一声惊叹。

别看他那副样子,其实如此一丝不苟,简直不是人类。

豺从风和对方跳跃性极强的对话中提取出要点,并简洁明了地总结,字迹虽丑但易懂。风感慨着,开始阅读笔记。

一、凤夏妃
亚我叉的长女。四十七岁。凤文艺社社长。

销售亚我叉的著作,通过巧妙的媒体组合运作大赚一笔。

似乎是"兄弟姐妹中赚得最多的",认为其他三人很无能。

虽然工作方面看上去十分有才能,但正因如此树敌众多。

于二十年前结婚,产下琉夏。对琉夏寄予过度的期待与爱。

据秋罗所言,"比起父亲的功绩或作品,她更看重金钱"。

曾经热衷于往来牛郎店,以此为契机与前夫离婚。在那之后单身了很长一段时间,在五年前与广海再婚。可以认为是以外貌为标准做出的选择。

十分热衷于美容,据红叶所说,她只要一有空闲便会去打美容针。紧绷的脸颊与厚嘴唇有些不自然。估计也做过整形。

本人称昨晚睡得很熟,因为和广海在一起所以有不在场证明。可以确定之前说睡眠不足是在撒谎。

二、凤广海
夏妃的丈夫。三十八岁。五年前入赘。

原本是三流的舞台剧演员,以结婚为契机退出舞台,目前就任凤文艺社的副社长。

性格稳重,听从夏妃的一切指示。虽然是公认的"好好先生"，但似乎工作能力低下。看来是喜欢被吩咐的受虐狂。

"姐姐是凶手的话，广海会默默帮忙吧。"秋罗如此说道。与夏妃公私皆为显而易见的主从关系。

学生时代参加过游泳部，兴趣是健身和所有海上运动。"正如名字一样，我完全喜欢上大海了。"本人笑着说道。果然是个笨蛋。

"他是看上了钱才和姐姐结婚的。"红叶如此说。

琉夏则说："虽然他不是什么坏人，但我也没把他当爸爸。"

昨晚在睡觉。本人称与夏妃在一起所以有不在场证明。感觉是被嘱咐这么说的。

三、凤琉夏

夏妃的长子。十七岁。明鸥大学附属高中三年级学生。

受到夏妃悉心照料，这个年纪大概还在叛逆期。明明称心如意地长大，还一肚子不满。本以为是常见的任性小少爷，但不满只针对自家亲人。

"大家都对自己有误解。厉害的明明是外公，又不是妈妈和舅舅他们。"发言正中要害。虽然很尊重亚我叉，但很看不起吃亚我叉红利赚钱的人。很有自知之明，不是笨蛋。

虽然写过推理小说，但给春磨看过后被批评了。本人却表示"反正舅舅没有才能，所以我并不生气"。

将来想从事爱好的电影相关的工作。似乎姑姥姥——亚我叉的妹妹曾是电影导演，所以受了她的影响。然而，夏妃对此十分反对。

没有女朋友。说起这个时眼神飘忽。

昨晚到三点左右仍没能睡着,但没有离开房间。没有听见任何声音。

四、凤秋罗

亚我叉的次子。四十五岁。凤凰馆馆长。

继承了亚我叉名下的房地产,管理着十座馆,同时持有大量房地产。

曾经的目标是成为一名推理小说作家,但发觉自己并无才能,便早早放弃了。为人精明,理性主义,看上去很理智却是个酒鬼。兴趣是饮酒旅行。正准备在持有的北海道的土地上建造酿酒厂。

夏妃表示"只是个酒鬼"。红叶常嘱咐他少喝点儿。

十五年前与红叶结婚。同年有了魅子。

昨晚照常就寝,但中途醒来去了厕所。不记得时间。

早上,为了清醒睡意打算去吧台喝一杯,于是去了地狱之间。发现白雪的尸体后,腿软倒地,并无其他动作。铁门上没有挂门闩,暖炉点着火。本人说当时没有奇怪之处。

五、凤红叶

秋罗的妻子。三十八岁。主妇。

亚我叉的狂热粉丝,兴趣曾是圣地巡礼。巡礼时与秋罗相遇,结婚后产下魅子,住进了憧憬已久的凤凰馆,看上去十分幸福。

"耍弄秋罗的性格恶劣的女人。秋罗也是,对父亲的粉丝出手的低级男人。"夏妃如此说道。

兴趣是花道、茶道、三味线①和下厨。特意参加了位于青山的一流主厨的厨艺教室，个人主页上全是名媛打扮的照片。自拍爱好者，似乎对容貌很有自信，但据说化妆品都是便宜货。看上去有些瞧不起在美容上砸钱的夏妃。

虽然伪装成委屈地居于身后的妻子，但真正被管制的其实是秋罗吧。秋罗无法插手魅子的升学等教育孩子的相关事宜。

昨晚仅被秋罗起身去厕所的声音吵醒了一次。没有听见其他动静。

六、凤魅子

秋罗与红叶的长女。十五岁。明鸥大学附属初中三年级。

看上去只是一个普通的开朗活泼、为升学和恋爱而烦恼的初中生。

没有参加社团，兴趣是看漫画。明白秋罗对自己毫不关心，于是以牙还牙地冷淡对待他。

与琉夏一样十分尊敬亚我叉，目前正在学习德语。虽然去年在柏林短期留学，但似乎红叶也跟去了，魅子对此感到很厌烦。那时留住在春磨家中。

"日本已经不太行了，所以将来想在海外工作。""现在是卖不出去小说的时代了。"从这些发言看，也有十分现实的一面。看来是家族中最聪慧的。

昨晚用手机看下载的漫画到凌晨三点左右。声称准备睡觉时，听见了外面传来"咔嚓"的开门声。

---

① 三味线，日本的一种弦乐器，由四角状的扁平木质板面蒙上皮制成，通常用银杏形的拨子来弹奏。

七、羽贺工

凤凰馆的管家。三十三岁。

学生时代主修建筑学。十年前因着迷于凤凰馆的壮丽而入职。在那之后，变成亚我叉小说的粉丝，对其沉迷程度赶超建筑，直到现在。

十分冷静，思维敏捷。因工作能力突出，五年前被交付管理馆的所有事务。深受秋罗信赖，也发挥着秘书一般的作用。

家住在距离凤凰馆步行五分钟的公寓。未婚，无恋人。对女性没有兴趣。

爱好是室内攀岩。虽然不擅长运动，但因为对石头的形状很感兴趣所以尝试了一下，之后沉迷其中。略沾烟酒。

昨晚在阳台抽烟时看见了风〞。在春磨死后也抽了一根烟才上床睡觉。虽难以入眠，但没有听见异常的声音。

八、右田花子

凤凰馆的女仆长。六十岁。

二十岁入职，至今已任职四十年。亚我叉死后她也仍在秋罗身边工作，自豪于比谁都清楚凤家的事。

至今未婚。理由是将凤家人当成了自己的家人。四十年间，一直居住于凤凰馆的别馆内。

虽然似乎在工作方面比较严格，但对风〞并不厌烦，看来对她感情深厚啊。

"把她当孙女来看的话就很可爱嘛。"很开朗地说着。但意外地"讨厌八卦"。本人表示，"因为这是女人的职场，要是在意那种东西的话就没完没了了"。

看上去因二人的死亡受到了巨大冲击，哭肿了眼睛。但又说昨晚睡得很熟。看来对春磨没有感情。

没有听见声响，笑着说"说不定我也被下了安眠药"。说好的冲击呢？

风呼出一口气，躺倒在床上。
看了豹这堪称完美的工作成果，她突然感到有些惭愧。
什么名侦探啊……我完全是助手嘛。
即使读了整理好的信息，风也毫无头绪。所有人都没有不在场证明，昨晚听见声响的只有魅子一个人。兄弟姐妹关系恶劣，只会相互贬低，各自的配偶也十分可疑。

有可能是白雪的死前信息的那三根手指……风猛地回想起这件事，意识到完全遗漏了一个重要人物的信息。

"就算是豹先生，果然还是有所疏忽啊。"风心情愉悦地喃喃着，将笔记本翻页打算添加补充，却发现笔记还没有结束。

九、凤弥生

春磨的妻子。五年前在五十二岁时离世。死因是胰腺癌。

是深受亚我叉信赖的编辑，奥入濑系列基本是他与弥生共同创作的。

于公于私都是亚我叉的崇拜者，二十五年前经亚我叉牵线，就这样与春磨结婚。

亚我叉去世后她意志消沉，辞去工作，数年后患上癌症。拒绝了延长寿命的治疗，表示"不想给任何人添麻烦",独自住进疗养院,悄无声息地离世了。

魅子称:"春磨叔叔那时搬去了柏林哦。"

夏妃则说:"是表面夫妻啦。而且好像是父亲强行替她做了和哥哥结婚的决定。"

秋罗表示:"对没有作家才能的哥哥感到束手无策了吧。"

但琉夏说:"看起来就是普通的关系很好的夫妻。"

右田说:"老爷离世后她就像是变了个人一般,终日悲郁。"

冈回想起白雪的右手。

"说起三根手指的话,大家有没有想法?"刚刚冈如此问道。

众人如商量好了一般异口同声说出弥生的名字。毕竟已经去世了,所以她不可能是凶手,但大家都想到了"三—三月—弥生①"这一点。

冈没有其他能添加进笔记的内容了。她趴倒在床上。

咕咕咕……连肚子的叫声都仿佛有些不甘。

话说回来,到现在为止她只喝了果昔。冈站起身时,豹回来了。

"怎么样,把你发现的信息添加进去了吗?"

"我没有发现更多有用的信息。太厉害了,不愧是豹先生,笔记非常完美。"

她虽然很不甘,但不得不认输。

"说什么呢?真让人汗颜。我只是整理了一下。"

或许是不习惯被夸奖,豹似乎有些害羞地将视线移开了。

---
①弥生是阴历三月的雅称。

"但是,确实非常清晰易懂,很完美。看来我才是华生呢,目前看起来如此……"

豺从风手上夺过笔记本。"是在嘲讽我吗?整理情报是华生的工作吧。"

"欸,是吗?我不知道。因为我没有读过福尔摩斯系列。"

"啊?!你……真的吗……"豺忍不住大声说道,比发现白雪遗体时还要震惊,"你喜欢推理小说,对吧?怎么可能没读过福尔摩斯系列!"

"不是,因为我只喜欢奥入濑龙青嘛。我喜欢亚我叉先生的推理小说,所以阿加莎·克里斯蒂、埃勒里·奎因、赫尔克里·波洛的书我都没读过。"

豺仿佛惊呆了一般仰起头。

"那么令人震惊吗?"

"是啊……总之,克里斯蒂和波洛是一回事①。"

"欸?什么意思?"

"这还怎么一起调查啊……"豺一脸疲惫地坐到椅子上。

风再次坐回床上。

"结果,还是没人有不在场证明啊。"

"深夜作案,有不在场证明的反而可疑吧。"

"嗯,倒也是。但是,总感觉所有人都变得可疑起来,线索也只有那个死前信息……"

风伸出三根手指梳着头发时,忽然喊道:"啊!"

"怎么了。"

"四个兄弟姐妹中的第三个是秋罗先生。"

---

①赫尔克里·波洛为阿加莎·克里斯蒂笔下的大侦探。

豹一言不发，有些疑惑地看着风的脸。

"还有，魅子是初中三年级！"

豹一言不发。风仿佛屁股着火一般站了起来。

"琉夏是高中三年级！"

豹一言不发。

"红叶小姐的兴趣是三味线！"

豹一言不发。

"羽贺……工！名字是三笔！"

豹一言不发。

"如果那不是三，是偏旁部首呢？可能是指广海先生的海字的三点水！"

豹一言不发。

"因为是右手，所以右田小姐也很可疑！"

豹一言不发。

"还剩最后一个人，要是也能跟夏妃小姐联系起来的话就完美了……"

风正苦恼时，豹终于开口了。"也是哦，夏妃那家伙是右撇子，所以……你完全跑偏了！"

"啊，是哦。"

"真亏你能硬扯那么多……反而很厉害啊。"

"谢谢！"

看着一脸喜悦的风，豹有些焦急地用手指敲了敲桌面。

"听好了，从根本上说，将那个当作死前信息来思考就是个大错误。凶手将白雪叫到地狱之间，用铁球击打她的后脑勺。她被绑在断头台上，是被杀害后或是昏倒后的事，白雪是无法留下死前信息的。"

"但是，也可能她昏倒了被绑在断头台上又醒来了呢？"戌并不让步。

"她的手脚上都没有擦伤。那就是她没有挣扎的证据。"

"可能是她醒来之后，断头台的刀刃就立刻落下了。"

"不经意间被殴打，醒来发现自己被绑在断头台上，刀刃立刻落下。你觉得这种状况下还能瞬间留下死前信息吗？"

戌无法反驳。

"而且，你觉得凶手会漏掉那三根手指吗？应该将那看作是凶手的伪装吧。"

"嗯……虽然确实是这样……"她一脸不满地低下头，又忽然抬了起来，"啊！"

"想出夏妃和三的联系了？"

"说到三的话……我想起了一件很重要的事！春磨先生，之前在书斋别府里和红叶小姐，偷、偷、偷情！"

"为什么这么重要的事情现在才说？"

"所以我刚才不是说想起了一件很重要的事吗？豺先生，要好好听人说话哦。"

"那为什么现在才想起来？三和偷情是怎么联系起来的？"看来一直生气也有些累了，豺平淡地问道。

"欸？因为偷情，没有三个人的话是做不到的，对吧？"

"什么玩意儿……你那是什么逻辑啊？"

"这是普通的逻辑。只有两个人的话怎么偷情？那就只是爱情了啊。"

豺双手挠头。

戌回到正题，将两人在凤凰馆的府库中密会的详细情况告诉了豺。

140

两人立刻叫来红叶,豺一开口便问道:"你和春磨偷情?"

说好的体贴呢?风在心里吐槽着。红叶明显变了脸色。

"有人看见你偷偷摸摸进了春磨的府库。继续隐瞒的话会对你很不利。"豺步步紧逼。

红叶颤抖着声音开了口。"我全都坦白。偷情什么的是误会,其实,我在做春磨先生的助手。"

"助手?"

"嗯,我帮他一起思考推理小说的诡计。"

"啊!"风有些震惊,回想起了两人在别府中的对话。

"不行的。要是暴露了可就全完了哦,不行的啦。"

"没事的!没人会发现的。你得再渴求更多一点儿啊。"

这么说起来确实也能解释为在对小说进行建议。

"不是,但是……为什么要那样偷偷摸摸?"风不由得大声说道。

红叶红着脸站了起来。"因为要是暴露了那些点子是我想出来的,就会对哥哥很不利嘛!"

"啊,这样啊,倒也是。"风立刻信服了。

春磨自己是想不出诡计的,所以才去拜托身为推理狂热爱好者的红叶吧。看样子豺也没有异议。

"话说回来,羽贺在悄悄打听春磨的事。"红叶皱着眉头说道,看样子是在怀疑羽贺。

二人立刻让红叶离开,喊来了羽贺。询问后,羽贺轻轻地答道:"只是怀疑他们在偷情罢了。"

"为什么刚才没有提到这件事呢?"豺追问。

羽贺淡淡地回话说:"因为没有找到证据,毕竟只是我一个外人的猜测。"

"猜测也好，想象也好，什么都行。你还有没有其他知道的事？"

羽贺不假思索地开口说："几个月前，有人悄悄打听春磨先生的住址。"

"欸？是谁？"飒站起身来，羽贺却冷眼看着她。

"你。"

飒向后仰去。"居然是我！"

豺沉默地盯着她。

"确、确实是这样，但我当时只是想去劝春磨先生放弃杀人计划而已！"

豺丝毫没有将飒放在眼里，继续问羽贺："没有其他信息了吗？"

"大约一年前，秋罗先生在电话中与人发生了争执。我为了避嫌去了外面，结果听见馆内传出怒吼的声音。"

"电话的另一边是？"

羽贺扶了扶银框眼镜，说道："是白雪小姐——听那口吻，再加上他们在谈论钻石矿山的事——但这也只是我的猜测罢了……"

豺让羽贺离开，喊来了秋罗。

豺追问这件事，但进展并不像问前两个人一般顺利。秋罗坚持主张自己不知情。

"只要警察调查，就能水落石出，继续隐瞒只会对你不利。"

听到豺这番话，秋罗喝了口瓶装啤酒，坦白了。

"其实，我一直在和人偷情……"

"欸？！"没想到有外遇的人居然是秋罗。飒惊讶得合不上嘴。

"发生争执之前，我收到了一封信，里面装着我和外遇对象见面的照片。收到信的同时电话就打过来了，一个男声说：'如果不想让妻子和女儿知道这件事，就支付一千万元。'总之我先付了一半，但是——"

"真的付钱了啊！"

"所以，你为什么会和白雪发生争执？"豺插口道。

"那个男人，名叫 Happy。"

"Happy！"风大喊出声。是白雪的影子写手。

"嗯？你知道这个人？"秋罗一脸不可思议地看向风。

"呃，不、不是，不认识。我想，那是七个小矮人中的一个。"风企图蒙混过关。

秋罗听后仿佛有些佩服，笑着说："小风，真厉害啊，不愧是你。确实是那样，所以我确信是白雪在幕后操控。但无论我怎么追问她都不承认，于是我在电话中不由得火大起来。"

杀害白雪的动机显露出来了。

"但我什么都没干啊。剩下的那五百万，我打算接下来付清。对白雪发怒我是承认的，但这毕竟是用钱就能解决的事。"

风低下头。

不仅有外遇，还企图用钱来解决，真是太没下限了，魅子太可怜了。风这么想着，一句话也说不出来。

这时秋罗也低下了头。

"拜托了，这件事情对红叶和魅子……"

"我知道。"豺打断他。

秋罗看向豺的双眼，道谢后离开了房间。

"这样真的好吗？做下那种约定……"

风站起身，将窗户打开一条缝。冷空气迎面扑来，提神醒脑。

"约定？什么时候约定了？我只是在秋罗话说到一半时说了句'我知道'而已。"豺回过头，一脸得意。

"好狡猾！"

"听好了，蠢猪，语言是人类特有的最强武器。如果不是猪，如果想成为侦探的话，就好好记住，要灵活运用语言。"

"虽然听起来很帅，但不就是耍嘴皮子而已嘛。"

"随你怎么说。"

豺拿起笔，将刚才收集到的情报补充到笔记中。

"但是，Happy虽然是白雪小姐的影子写手，应该不是她的恋人吧？这是怎么一回事？"

"是白雪撒谎了吧。让恋人写小说，还让恋人去威胁人，做到这地步的话她不可能说真话的。"

"哦，原来如此。真是随心所欲啊，明明是兄妹。"

"陷害春磨，恐吓秋罗……她很有可能还干了其他事……"豺喃喃道，于是这次喊来了夏妃。

"听说你被白雪恐吓了？"他诱导着问。

夏妃瞳孔瞬间动摇起来。"说什么呢？"

虽然豺采用了诱导询问，但她并没有中招。然而，看她的脸色也能明显知道她在说谎。

"真的吗？没有和名为Happy的人接触过吗？"

"Happy？我可不认识那种男的！恐吓？开什么玩笑，我可没做什么亏心事。我很累的，请别为了这点儿事就把我喊出来。"夏妃嘴上不停，气愤地离开了房间。

"肯定认识啊。"风〝说道。

豺也点头赞同。"掉进了很明显的陷阱里。那家伙刚刚说了

'那种男的'，我可一句话都没提是男是女。"

"哇！好有侦探的感觉！"冹鼓起掌来。

豺拿起白雪的手机离开了房间。

他喊住正在下楼梯的夏妃，将手机拿给她看。

"听好了，只要能打开这个锁，就能弄清楚一切。你最好想清楚。"

"啊？你到底在说什么？"夏妃仿佛很惊讶一般，狠狠瞪着豺。

"欸？豺先生，你能打开那个锁吗？"冹问道。

豺轻轻一笑。"如果编写病毒感染手机的话，开锁并不是没有可能。虽然费时又费力，但你就慢慢休息着等吧。"

他紧盯着夏妃。

"哦……为你加油。"

夏妃嗤笑一声，一步一步走下楼梯。

11

奶白色的蛤蜊浓汤染上些许红色。

日落时分，矶来到厨房搅拌锅内的食物。

直到一个小时前，众人还在搜查入侵者，但毫无发现。据说那尽是枯木的寂寥森林内甚至没有动物存在。

虽然右田让矶集中精神调查，但她还是觉得这样稍微动动手才能感觉到脑子在运转。看样子，豺那边的工作会花费不少时间，而且她也没有其他能干的事了。目前矶能做的，也就只有守着这锅蛤蜊浓汤。

羽贺在厨房旁的食材库中确认备用物资的数量，秋罗和红叶似乎在自己的房间内，夏妃独自一人在客厅悠闲地休息，据说广海在房间内睡觉。

魅子在矶的身旁切菜。虽然她应该很疲惫了，但还是来帮忙准备晚饭。又漂亮又聪明，真是优秀啊。说实话，难以想象她是秋罗和红叶的女儿。

"琉夏好像在房间里打游戏。要去喊他来帮忙吗？"魅子问动作忙乱的右田。

"没事的，怎么能让小少爷来帮忙，我会被夏妃小姐骂的。"

"都这种时候了，不用在意那种事啦。而且，我觉得不被特殊对待的话，他反而会比较开心。"

魅子一副十分了解琉夏的口吻。风吸了吸鼻子，趁魅子擦餐厅的桌子时，立刻跟过去小声问道："莫非，小魅子你喜欢琉夏？"

魅子凑到风耳边说："其实我们在交往。要是被那个人知道了就糟了，所以要保密哦。"

魅子的视线朝向正在读书的夏妃。

"啊！"风涨红了脸。东京的孩子实在太可怕了，中学时期的自己还在流着鼻涕舔冰柱呢。

风回想起冰柱的冰凉口感，稍微缓解了脸上的火热。

过了下午五点，豺来到餐厅，吃起餐前小菜。看样子解锁手机密码果然并非易事，他多次调整后才用电脑编好了病毒。

"刚好马上就要吃晚饭了，帮忙把饭菜摆出来吧。"

风将托盘递给豺，却被豺反手用托盘敲了头。

"我去重新调查地狱之间。"他说完便离开了餐厅。

原本在看杂志的夏妃站起身来。"哎呀，都这个时间了，差不多得去喊广海起床了。"

"那我去叫琉夏。"魅子也跟在夏妃身后离开了餐厅。

风拿起夏妃放下的杂志，发现上面有亚我叉的特辑。她看向墙壁上的书架，写有亚我叉相关报道的书籍杂志整齐地排列着，旁边则摆放着唱片、磁带以及光盘，大概是凤游劫时期作词的歌曲吧。

风的视线停留在书架上，抽出一本颇为厚重的名为《凤凰的肖像》的书。

这是一本著名的大学教授撰写的亚我叉相关研究的书，题为《凤游劫为何舍弃作词》的章节吸引了风的注意，这部分似乎考察了亚我叉从作词家转职为作家的原因。她在心里对作者说了句抱歉，然后直接翻到最后一页读了起来。

"游劫这一名字，应该拜借于写下《悲惨世界》的维克托·雨果[①]。他开始作词的契机是受到哥哥——著名作曲家凤芭霸的邀请，游劫立刻展现了作词才华，成为实力无可争辩的人气作词家。但他是不是从一开始就想成为作家呢？所以他才将这个想法隐藏在笔名之中。这一定是本格推理之帝王埋下的一个巨大伏笔。"

虽然不认识名叫雨果的作家，但岚还是有种恍然大悟的感觉，也能理解亚我叉舍弃作词的版税，为了小说建造这样巨大的馆的行为了。但是，如果已经埋下伏笔的话，他为什么要改名为亚我叉呢？而且，如果想成为作家的话，应该随时都可以动笔啊。

虽然是十分高深的研究，但岚渐渐觉得那只是表面功夫。抱歉，重新在心里对作者低头道歉后，她将书放回书架上。

"我想去下厕所，能帮我看着火吗？"

听见右田这么问，岚回到厨房里。

大平底锅内似乎在干蒸着什么。岚努力抑制住打开锅盖看看内容的心情，乖乖等待着。然而，她渐渐闻到一股烧焦味。

怎么办？是应该关火呢，还是应该把火调小点儿呢？还是说，应该打开盖子确认一下？岚犹豫着。她朝炉灶的开关伸出手，但回想起过去的种种失败，又停下了。自己总会做些多余的事。岚渐渐觉得，既然右田只说了看火，那她只要看着就好了。烧焦味渐渐变浓，她弯腰盯着火苗。

[①]日语中"游劫"与"雨果"发音相近。

"轰"!

突然响起巨大的爆炸声,吓得凤向后退了一大步。

还以为是平底锅爆炸了,但并不是。

是上面。凤跑到走廊,向楼梯飞奔而去。她来到三楼时,左手边的房间内飘出浓烟。是白雪的房间。红叶倒在走廊上,秋罗正向她跑去。

"没事吧?"

红叶颤抖着点了点头,似乎只是因为受到了爆炸声的惊吓而倒下的。琉夏和魅子迅速赶到,羽贺和豺也从楼梯飞奔过来。

打开原本就快坏了的房门,凤朝房间内窥探。火药味和烧焦味十分刺鼻,房内深处仍有火焰熊熊燃烧。

"让开!"

豺和羽贺拿着灭火器冲了进去。两人同时朝火源喷撒白色粉末,火焰迅速被扑灭了。

房间内烟雾缭绕。豺将窗户全部打开,环视房间后,发现衣柜的柜门被严重破坏,显然是衣柜中有东西爆炸了。放在旁边的人偶惹火上身,只剩下金发残骸。白雪的包也被烧焦了。

"定时爆炸或者远程操控吧。炸弹本身并没有什么威力,犯人应该不是想利用这个来杀人,"进行了简单的现场调查后,豺得出这样的结论,"是想烧毁白雪小姐的某件随身物品吧。"

凤从储物室拿来火钳,翻弄着白雪的包。包内物品也全被烧焦了。

"如果是想毁灭证据的话,难道不是冲着手机去的吗?"

听到琉夏的问题,豺回答道:"不对,手机在我房间里。"

"欸,不随身携带不要紧吗?"凤的表情带有些许不安。

"嗯,我锁门了。"

"不对不对，豺先生的房间的窗户锁本来就是坏的啊。"

"啊。"豺呆愣着，只发出一个音节。

两人连忙赶到豺的房间，发现白雪的手机仍好好地放在电脑旁边。

"啊……太好了。真是的，小心一点儿呀。要是被凶手偷走了可怎么办？"

与平常的情形完全相反，风抓住机会责怪豺，豺则板着脸回到白雪的房间。

"究竟打算炸掉什么呢……"

听魅子这么说，风用拿着火钳的手挠了挠头，努力在脑海中搜寻白雪的私人物品。

众人十分安静。她环视一行人后开口问："嗯？夏妃小姐和广海先生呢？"

如今才发现少了这二人的身影。

"广海先生说实在太困了所以要在房内休息一会儿……"右田说道。

风轻轻吸了吸鼻子。"听见爆炸声都不起床吗？"

风有种不祥的预感，迅速跑出房间。她转动夏妃房间的门把手，发现房门并没有锁，便一鼓作气冲进了房间。广海正躺在床上呼呼大睡，却没有发现夏妃的身影。

"广海先生，请醒一醒！"风扑到被子上。

广海迷迷糊糊地睁开眼，声音嘶哑地问道："嗯……怎么了……"

"你知道夏妃小姐在哪里吗？"

"嗯……夏妃？我不知道啊……"广海一脸疲倦地皱着眉坐起身。

"刚刚，白雪小姐的房间发生了爆炸！"

"欸，爆炸？"广海震惊地说，声音终于恢复正常。

"到底是有多困啊？那么大的声音都没被吵醒，真是吓到我了。"

岚打开窗，豻在背后说："安眠药吗……"

"欸？"岚惊叫出声，广海也站了起来，"安、安眠药？那不是很危险吗？岂不是冲着夏妃小姐去的？"

岚和豻交换眼神，都点了点头。

二人来到走廊，将夏妃目前处境危险这件事告知众人。

"还是分头搜寻吧。"羽贺说。

豻向前一步，紧握主导权："两人一组。为了接下来不再如凶手所愿，大家一边相互监视一边搜寻。"

众人都是一惊，看样子是回想起杀害白雪的凶手就在自己身边。

"那我来安排组合哦！"岚抢在豻前面说道，"嗯……我和广海先生一组。"

她边说边环视众人的表情。

"豻先生和红叶小姐一组，秋罗先生和琉夏一组，小魅子和羽贺先生一组。右田小姐就好好休息吧。"

这时豻又不服输地抢在岚前面说道："凶手持有炸弹，所以请多加小心。发现可疑物品不要触碰，立刻向我报告。不用太着急，相互留意着对方的行动进行搜查。"

岚还以为会被骂"别擅自决定组合啊"，但意外地没有被反对。

"好——嘞！加油！加油！加油——"岚举起拳头，但根本没人附和。

"真老套啊。"

被魅子小声吐槽了,但风选择假装没听见。

秋罗和琉夏借了众人的房间钥匙,就这么开始搜寻三楼。豺和红叶去了鬼之间,魅子和羽贺负责地狱之间,而风和广海开始搜寻入口区域。

玄关处放着夏妃的钴蓝色小皮鞋,看来她并没有外出。

广海一脸慌张,手忙脚乱地打开鞋柜的柜门查看。

怎么可能会藏在那里面呢?风本想提醒他,但还是放弃了。她的脑海中闪现出白雪的头颅,不小心有了最坏的猜想。风深吸一口气,想着不能再这样下去,重新调整心态。

如果是奥入濑龙青,绝对不会因为这种事而胆怯。

从玄关到旋转楼梯处只有走廊连接,没有可以藏身的地方。围绕着楼梯的九边形墙壁也一目了然,只有西侧的墙壁上装饰有巨大的地狱景象画作。由于馆内装潢基本呈对称分布,所以这幅画让人感觉格外不自然。风伸手轻推了一下画框,发现画框后的墙壁是向内凹陷的,内嵌一排黄铜的拨动型开关。右侧的开关最大,可以看出那是总开关,比普通家庭的电源开关时尚了不止一两倍。但似乎是为了消除馆内的生活气息,所以主人将开关藏在挂画之后。

话虽如此,一楼跟户外一样寒冷。风颤抖着来到地狱之间时,魅子和羽贺打开了棺材的盖子。搜寻这个地方会有很大的心理压力吧。虽然盖着被单,但白雪的尸骸就横在旁边,还散发着恶心的尸臭。

魅子怕得微微发抖,但羽贺看上去不为所动。比我还要适合做侦探,风这么想着,觉得稍微有点儿难过。

"既然这个房间没问题,那哼哼你们是不是去搜查二楼比较好？"

听魅子这么说，广海点了点头。

二人进入客厅时，豺和红叶正在搜查厨房。

说起鬼之间里能藏身的地方，也就只有盔甲里面了，所以搜查好像一下子就结束了。

随着时间的流逝，广海的焦急神色愈发明显。风想，或许他是担心心爱的妻子担心得不得了吧，所以渐渐将注意力从他的行为举止上转移开。

她瞄了一眼藏身过的摇椅后面。就在这时，忽然响起了一阵"当当"声。

像是挂钟的声音，但这个房间内并没有钟表。

广海打开窗户下的低矮橱柜，发现里面有一个小型挂钟。他一脸不可思议地回头，风立刻凑了过去。

时针指向二十点，钟声高亢地回响着。她将挂钟拿起，发现那并不是机械钟表，相较而言是比较新潮的款式。钟摆没有动，看样子只是个装饰品。

为什么这种地方会有个时钟？

风将鼻子凑近，打算闻闻味道。

就在这一瞬间，她余光瞟到窗外落下的人影。

"啊！"

身旁的广海似乎也看见了，瞬间面无血色。

"怎么了？"豺和红叶赶了过来。

"窗外有人掉下去了！"

"什么？"

豺想开窗查看，却打不开。风一言不发地跑了出去。

她急忙跑下楼梯向玄关冲去，刚打开门就被广海超过了。

两人来到馆外后，绕向左边。由于场馆建在悬崖边，越往前走，围栏边的路就越窄。

"啊！"广海大喊道。

从玄关出来第三个转角处，夏妃倒在栏杆边。

"夏妃小姐！"

广海企图抱起面朝下趴着的夏妃，手腕却被风抓住了。

"不能随便动她！"

栏杆下遍布奇形怪状的石头，估计她在那里磕到头了，石头上沾着些许血迹。

"让开！"

豺赶到现场，风便向后一步。豺将广海推到一旁，伸手扶上夏妃的手腕。他一边确认她的脉搏，一边将耳朵凑近她的嘴边。

几十秒后，他轻轻查看夏妃的瞳孔，淡淡地说道："死了。"

"怎么会？！"广海将豺推开，扑到夏妃身上。

豺从背后抓住他的手腕。"冷静点儿。别破坏现场。"

但广海完全听不到外界的声音，他企图甩开豺的手，同时大喊着："夏妃！夏妃！"

他在慌乱之中伸出手触摸夏妃的脸，豺将他的手腕一扭，把他压在地上。

广海露出痛苦的表情，不停挣扎着。

"我理解你的心情，但是现在给我冷静点儿。"

广海那副高大的身躯被完全压制着，豺的脸上却一滴汗都没有。风不由得看入了迷。

广海渐渐失去力气。

即使豺放开了手，广海也没有起身的意思，就那么趴在地上，发出痛苦的呜咽，脸颊渐渐被泪浸湿。

风听见脚步声转过头时，发现其他人也都聚集过来了。

穿过红叶和魅子，她可以看见站在后面的琉夏。

他与广海形成鲜明对比，十分平静。他不仅完全没有叫喊，脸上也仿佛毫无异色。

他用看在路边爬行的蚂蚁一般的眼神，看着自己母亲的尸体。

大致结束现场调查后，秋罗和羽贺将夏妃的遗体搬运到了地狱之间，将尸体放进棺材中，盖上棺盖。广海始终处于失神状态，呆愣地站着。

风上楼来到客厅，发现琉夏和魅子一同坐在沙发上。可可的香甜气味飘散在空气中，看样子他们在喝热可可。魅子靠近琉夏，握住他的手。

虽然琉夏看上去十分平静，但他拿着杯子的手微微发抖。

"为什么会发生这种事……"右田在角落喃喃着。她顶着哭肿了的眼睛，手中紧紧攥着湿透的手帕。

风也有些想哭了。

没能找出凶手，导致出现第三名受害者，这让她万分不甘。

桌面上发出"咔嗒"一声脆响。是羽贺为她端来一杯热可可。

"谢谢。"

连杯子的把手都十分温暖，让风那被冻僵的手渐渐恢复知觉。这杯热可可比她喝过的任何东西都要香甜、温暖。

哼笑声传进她的耳朵里，风抬头看去，是魅子在笑。

琉夏的脸上也露出些许笑意。

魅子是怎么安慰他的呢？飒竖起耳朵，听见魅子说道："而且，这样一来我们也可以两个人一起去旅行了哦。反正我妈妈应该会原谅我们，毕竟没有碍事的人了。"

飒瞬间感觉血液倒流，如坠冰窖。

魅子说过，她和琉夏交往的事要是被夏妃知道就糟糕了，碍事的人肯定指的是夏妃。就算是为了让琉夏恢复精神，也不能这么形容刚刚去世的姑姑、交往对象的母亲吧。这就是现在的中学生？大城市的孩子？不对，和这些没关系。忽然，飒感觉魅子变得有些陌生。

门被推开，豺的脸露了出来。

"别一个人偷懒啊浑蛋，要调查楼上了哦。"

"好的。"

飒仰头将热可可一口气喝完，追上豺。她三步跨作两步跑上楼，从夏妃的房间来到阳台。

"就是从这里掉下去的，对吧？"

她站在阳台的右侧向下看，隔壁是琉夏的房间。

"夏妃小姐刚刚不在这里，是去了哪里呢？而且秋罗先生和琉夏好像把三楼的所有房间都搜查了一遍。"

飒歪着头，豺却不回答。他将调查目标集中在阳台地板。

飒也帮忙检查，但既无挣扎痕迹，也没有可疑之处。两人回到房间内，将房间彻底搜查却仍然毫无收获。果然夏妃的手机也设置了解锁密码。

"话说回来，白雪小姐的手机怎么样了？"

"不行啊，再加大病毒强度的话，很可能会连数据都清除掉，所以我放弃了。虽然对夏妃放了狠话，但我毕竟不是专业的。"

"这样啊。"

风一脸可惜地将夏妃的手机放回包中，伸手拉开门。

"广海先生，没事吧？"

"嗯……让你们看见我那副没出息的样子，真是不好意思……"广海捧着热可可暖手，坐到床上。

"没关系，我们能理解。"

风的脑海中闪过琦夏和魅子的笑容。看着显而易见一脸痛苦的广海，她反而松了口气。

"对了，广海先生，关于夏妃小姐的手机密码，你有什么头绪吗？"

"啊……我不知道啊……"

广海毫无底气地说了几串数字，但都不正确。

"抱歉，没能帮上忙。"

"不不不，没关系。"

豸对着耷拉着肩膀的风说道："没事，我已经把白雪的手机密码解开了，用同样的方法应该也能打开这部。"

"欸？不对，刚才不是说……"

风发出疑问，却被豸狠狠瞪了一眼。他用口型说道："蠢货。"

哦哦哦，原来如此。发觉了豸的意图，风点点头。我才不是蠢货。

豸拿出白雪的手机，煞有其事地摆弄起来。虽然还是锁着的，但广海看不见手机画面，脸上露出了些许紧张的神情。

"夏妃被白雪敲诈了，对吧？"豸淡淡地开口问道。

广海视线飘忽，低下头闭口不言。

"被抓到什么把柄了？"

明明广海还没开口坦白，豸却不断追问。

"虽然我能打开夏妃的手机，但很费时间。你赶紧说吧。"

157

"如果想抓到凶手的话，就请协助我们。"风也劝说广海。

广海一副破罐子破摔的样子，开了口："我们公司，谎报海外销售的利润，偷税漏税……是、是夏妃的指示……然后，一年前，我们接到了一个名叫 Happy 的男人的电话。他说已完全掌握我们偷税漏税的事，让我们不想公之于众就拿出一千万来。"

"Happy……"风丝毫不惊讶地嘀咕。

"然后，夏妃说这背后肯定是白雪，因为她自认是白雪公主，七个小矮人中就有一个叫 Happy 的。"

果然，夏妃也有杀害白雪的动机。

但她也已经被杀害了，白雪则更早就离开人世。

剽窃灵感、外遇偷情、偷税漏税、将这些作为诱饵进行恐吓，真是比想象中还要糟糕数倍的兄弟姐妹。虽然想着这样不好，但风的兴趣逐渐高涨。

她带着广海回到客厅。琉夏和魅子仍坐在沙发上，秋罗和红叶则坐在桌边。右田正在厨房中沏咖啡，羽贺将咖啡端出来。

确认全员都在后，风开口问道："大家都听见钟声了，对吧？请让我整理一下钟声响起时各位的位置。"

豹和红叶在调查二楼的储物室，魅子和羽贺在一楼的地狱之间，秋罗和琉夏则在三楼羽贺的房间里。

从物理位置来考虑，有机会将夏妃推下去的只有秋罗和琉夏。但由于两人似乎一直在一起，所以也可以考虑共同作案的可能性。

但是，做出搜查的组合配对的是风自己。意外将共犯配在同一组……会有这么巧的事吗？

风歪着头站在窗边，拿起那个时钟，看向众人。

"这个时钟原本放在这里的柜子里，忽然响了起来。仔细一看，发现这并不是老式钟表，钟声也是电子声，和这个馆十分不搭。大家对此有什么头绪吗？"

"所以是凶手设计的，对吧？目的是什么呢……"秋罗喝着咖啡轻声说道，看上去有些兴奋。

"为什么呢……而且明明还不到十八点，指针却指向二十点。"红叶用食指轻点嘴唇，似乎也颇为愉悦。

"钟声好像响了八下左右？"魅子抬起头，果然也是一副神采奕奕的样子。

"如果是普通钟表的话，会有'滴答滴答'声，对吧？犯人特意选电子钟表，会不会是为了在钟响前不被发现？"琉夏看向风。真是冷静的思考，刚刚的失落都去哪里了呢？

这种时候，为什么大家都露出那样的表情呢？真是奇怪的一家人。但想想他们都是流着亚我叉血液的推理狂热爱好者，这一切又变得合理起来。风努力说服自己。

风回想起白雪的右手，轻声说道："八和三。"

右田便抬眼望去。

"三八子小姐……"

秋罗稍作吃惊的样子，也被风收入眼底。

"那是谁？"看来豹也看见了，这句话是对秋罗说的。

秋罗的眼神更加飘忽不定。

"那位小姐的事还是我更了解。"右田拖着脚，慢慢走了过来。

"请告诉我们！"风将角落的摇椅旋转一圈，对准右田的方向。

羽贺迅速端过咖啡。右田接过咖啡，落座后娓娓道来。

右田开始在亚我叉手下工作，是在四十年前的一九八二年，也是亚我叉宣布退出作词界的第二年。同年，他发布《凤凰馆杀人事件》，以作家身份出道。

当时，一位名为橘三八子的女性担任亚我叉的助手，住在凤凰馆里。

亚我叉口述，三八子负责打字记录。他非常信赖三八子，据说曾向身边的人吩咐要像尊重亚我叉本人一般尊重三八子。但三八子为人十分谦虚，比她小五岁的右田非常敬仰她。据说三八子直到亚我叉去世为止一直为他工作，四个兄弟姐妹也当然对她十分熟悉。

"然而，十五年前老爷去世后，发生了一件事……"

亚我叉因脑出血去世后，春磨、夏妃、秋罗和白雪为了讨论遗产继承事宜，在位于外地的亚我叉的某个馆中留宿，和现在正是同样的情况。当时右田一同前去，三八子也收到了邀请。

第二天，三八子掉进馆中庭的井里去世了。

那口井很深，由于坠落时头部着地，所以被认为当场死亡。

警察调查的时候，首先被怀疑的就是四兄妹。

"理由是老爷的遗书。"右田说道，"遗产的一半由兄妹四人均分，剩下一半交给三八子。遗书里是这样写的。"

一行人十分惊讶。秋罗接着说："嗯，托那封遗书的福，我们几个彻底被怀疑了。但我们是清白的。三八子小姐深爱着我父亲，所以追随他的脚步投井了。"

警察全力搜查，但没能找出三八子是他杀的证据，甚至无法判断究竟是不是自杀，因此以意外或自杀的结果结束了调查。

"没有遗书吗？"风问道。

"什么都没有。她似乎是深夜时掉进井里的,我们发现时已经是第二天早上了。"

"哪一座馆?"豹问。

秋罗闻言起身走向书架,抽出一本平装书。书的封面上画着一座雾气缭绕的可疑场馆。

"是亡灵馆。"

飒的鼻子微微颤动。豹向春磨推荐亡灵馆时,春磨说因为有不好的回忆所以大家应该不愿意来。原来这就是理由啊。

"三八子小姐有亲属吗?"飒走向秋罗,"可能认为她是被四兄妹所杀害的,所以想来报仇!"

但右田立刻否认了。"那位小姐似乎双亲早逝,始终孤身一人,所以才会几十年来守在老爷身边鞠躬尽瘁。"

秋罗点了点头。"她于十五年前去世,没有亲属。而且她原本就是自杀,我们问心无愧。虽然听你问到三和八有些吃惊,但应该和三八子小姐没关系吧。"

"那秋罗先生你还有其他想法吗?"

"嗯……毫无头绪啊。要是能想清楚那个线索,现在我也靠写推理小说赚大钱了吧。"秋罗说着,拿起一瓶威士忌。

"哎呀,少喝点儿,都这个时候了……"

他不顾红叶的提醒,将杯中的咖啡饮尽后倒入威士忌。

"正是这种时候才得喝点儿,不然怎么撑得下去?我可是死了三个兄弟姐妹。按一般思路,下一个被杀的就是我吧。"

打算纯饮威士忌的秋罗被豹抓住了手。

"等等。"

"干吗?"

"广海先生被凶手下了安眠药哦。"

秋罗仿佛察觉到什么一般,看向酒瓶。"你是说,这里面也掺了东西?"

"只有你喝威士忌。如果我是凶手,而下一个目标是你的话,估计我会往这里面下毒吧。"

秋罗一言不发地看向手中的杯子。

"不过,这也只是以你不是凶手为前提的推测罢了。"

听豺这么说,秋罗反眼瞪向他。

风立刻开口道:"右田小姐,有蓝莓果酱吗?"

"嗯?"

右田还未做出回答,羽贺就已经起身去食材库拿来了蓝莓果酱。风接过果酱,用勺子舀了一勺,放入秋罗的茶杯中。搅拌几圈后,果酱转眼就变成了红色。

"果然!这里面有强酸性物质!"

众人一惊,秋罗顿时张口结舌。

"是老爷的手法呢。"羽贺说道。这是小说中奥入濑龙青曾使用过的手法。

"因为我是奥入濑龙青转世啊。"风自信满满地说道,引得豺不禁失笑。但其他人果然还是没有这份从容。

"救了我一命啊。"秋罗向豺道谢,转而喝红叶喝过的咖啡。

"可以打扰各位一下吗?"风走到窗边,转身看向众人。

"难道,知道凶手是谁了?"魅子不由得提高音量。

风摇了摇头。"还不知道。所以我才想告诉凶手——拜托了,请不要再杀人了,请不要再复仇了。即使憎恶罪恶、憎恶他人,也不要憎恶生命。"

众人瞠目结舌。

风哀求般继续说道:"这是我奶奶说过的话。憎恶罪恶、憎恶他人什么的不过是玩笑话罢了。正因为身为人类，所以遭受苦难就会想要憎恶什么，这份心情谁都无法否定。但是，绝对不能憎恶生命。"

或许是因为出生在养猪的家庭，凤时常思考生命。平日一脸悠闲的父母会在送出肉猪时露出别样的表情，奶奶则经常教导凤生命的珍贵之处。

而在那许多话语之中，这句话成了凤心中的支柱。

凤抱着奶奶去世前为她制作的"噗噗"，坚定地看向众人。

"所以，如果凶手是为了复仇而做出这种事的话，请停手吧。拜托，真的拜托了！"

在凤的眼中，还未被找到的凶手如烟雾般飘浮着。

她面向那个缥缈摇晃的身影，深深地鞠了个躬。

无人说话。

众人紧紧盯着凤那认真坚定的眼神。

由于右田制作的菜肴被放置了很长一段时间，有被下药的风险，所以众人放弃了那些菜，决定吃些常备的储藏食品。

凤往嘴里塞罐头中的面包时，豺将覆盆子果酱放到她旁边。

"哦！真机灵啊！"

她伸手去拿果酱，却被豺夺走了面包。

"蠢货。那是我的。"

豺打开未开封的果酱瓶，往面包上涂果酱。凤又去争夺面包和果酱，两人争吵起来。她大喊大叫着看向四周，发现其他人都十分安静。

气氛实在沉重。虽然他们想着活跃一下气氛，但似乎起了反作用。

风将面包递给豺，走到书架前。

"差不多也该读读福尔摩斯了吧。"她轻声嘟囔。

众人同时转头看向她。

"欸？哼哼，你没读过福尔摩斯吗？"魅子十分吃惊。

其他人也是同样一副惊讶的表情。正如风所料，大家和豺一样，都对这件事很感兴趣。

"嗯，因为我是负责奥入濑龙青的嘛。"

"真是一根筋啊。"秋罗笑道。

"该从哪一本开始读起呢……有什么推荐吗？"

"那当然是《四签名》了。得从第一部开始读起呀。"右田立刻回答。

接着响起许多不赞同的声音。

"那是第二部作品。第一部是《血字的研究》哦。"红叶冷淡地指正。

"哎呀，居然搞错了，真是上了年纪啊。"右田害羞地小口吃着咸饼干。

"反正福尔摩斯无论从哪一部开始读起都很有趣嘛。"

听魅子这么说，众人又带着各自观点展开了讨论，哪个故事最优秀、哪个诡计很卑鄙、即使如此还是很有趣之类的。不愧是推理之家，大家对侦探推理小说不仅是了解，还抱有不同的见解。

"又开始了。跟不上啊。"广海站起身，避难似的走向书架。

"广海先生不怎么了解吗？"

"是完全不懂啊。悄悄告诉你，我连岳父大人的作品都还没全部读完呢。我还是喜欢看这种书，因为什么都不用想。"广海小声说着，从书架的角落拿出一本《吉尼斯世界纪录大全》。

他迅速翻阅，看到上面将亚我叉作为全世界最畅销的日本作家进行介绍。

在那之后，众人留在客厅内。

悄悄比拼推理的人、想要忘却难过的事而沉浸于书籍之中的人、将罐头作为下酒菜慢慢喝着酒的人，虽然各有行动，但大家都遵从豹的指示，避免单独行动。

可能是因为说着"既然凶手就在我们之中，那我拒绝和他们待在一起"之类的话，把自己关在房间里后转眼间就被杀害，是本格推理的常见桥段吧。

豹发出"即使是去厕所也要三人一组"的命令，竟然无人反对。

调整好时间的钟表显示已经二十三点了。

"是时候去睡觉了吧。"风打着哈欠站起身。

众人表示同意。

大家各自拿着未开封的矿泉水，排成一列上了楼。

到了三楼后，豹说道："那么，请大家千万多加小心。"

"晚安。"

风鞠了一躬后补充道："在这之中的凶手也请好好休息哦。请别再有任何行动了哦。"

众人表情僵住。糟了，风心想，明明接下来是睡觉时间，却不小心让大家感到不安了。

"你这家伙每次都干些多余的事啊。"

多亏了豹的吐槽，气氛稍微缓和了一些。

琉夏进入房间，广海进入其隔壁的房间。

红叶打开房间的门时，秋罗说道："你去跟魅子待在一块，和我在一起的话很危险。"

虽然喝了不少酒,但似乎并没怎么醉。他的眼神十分认真。

红叶点点头,拿上睡衣和包,与魅子一同进入旁边的房间。

"真温柔啊。"冈说道。

豺便低声回应:"是这样吗?说不定是在怀疑自己的妻子哦。"

确实如此。而且秋罗本就外遇了很长一段时间,要是这件事暴露的话……

"真吓人。"

冈用手蹭了蹭鼻子,回到自己的房间。

12

想将仿佛已经渗透进身体的血腥味冲去，风冲澡时将水温调得比平常都要高。

映在镜中的脸仍旧像大福点心一般圆润。回想起看起来比平常还要瘦削的魅子的下颚线，风往镜子上浇了些热水。

她在小小的一体化浴室中泡了数十分钟后，拖着变得像肉包一样热乎的身体钻进被窝，结果又因为太热掀开了毛毯。

想让发热的身体稍微冷却下来，她打开了窗户。凉风涌入房间，瞬间让风身心冰凉。她赶紧将窗关好，躺回床上，思考起夏妃的事。

夏妃掉下楼时，有机会作案的只有秋罗和琥夏。如果他们两个人是同伙的话，轻易就能将夏妃推下楼。

因为白雪被杀害时，所有人都没有不在场证明，所以也有可能是他们。

那春磨被杀害时又是什么情况呢？

秋罗在白雪隔壁的房间，可以从白雪房间的阳台迅速回到自己的房间，但是，他不可能比任何人都更快赶到风身边。

羽贺到得很迟。但他的房间与白雪的房间隔了四个房间，如果要翻越四次阳台栏杆的话，那速度就快得不可思议了。

还有无法解开的谜题。

如果想留下"八"这一信息的话，应该还有许多其他办法。

为什么凶手要特意隐藏时钟，定时让钟声响起呢？

为什么要在钟声响起的那一刻，将夏妃推下楼呢？

简直就像是引导所有人去看掉下楼的夏妃一样。

有一种越思考越陷入泥潭的感觉。

即使想睡，也睡不着。

风别无他法，只好读起从客厅拿来的《亡灵馆杀人事件》。

三八子是在亡灵馆去世的，风想这本书里或许会有线索。

这已经是第几遍读这本书了呢？故事情节已经全都记在脑中了，所以她翻页的速度很快。无论读几遍都觉得很有趣，风不知不觉间沉浸在书中，转眼间就读到了解决篇。

犹如亡灵一般不肯现身的凶手，其诡计被奥入濑龙青一举解开。被揪出的凶手名为都子。都子和三八子——发音是一样的。是偶然吗？

这时，风突然听见敲门声。她看向时钟，已经快两点了。都这个时间了，是谁呢？

"是亡灵吗？"风谨慎地问道。

对方则小声回复："是我啦。"

是右田。风刚打开门，右田便冲进了房间。

"哎呀，不是说了不能随处走动吗？"

"但是，我想起了一件很重要的事！"

"真的吗？"

风一脸高兴地关上门，"咔嗒"一声上了锁。

右田坐在床上，开口说道："刚才我说三八子小姐没有亲属，但是那可能搞错了。"

"嗯？什么意思？"

"虽然是很早很早以前的事了，但三八子小姐曾因身体状况不佳，住院了半年左右。"

"你的意思是，她在那半年的时间里生了孩子吗？"

"正是如此。因为那个时候，老爷少见地亲自指定医院，甚至主动承担接送三八子小姐的任务，明明是位任何事都托人做、腿脚懒惰的人。所以，当时在我们用人间就有了这个传闻。"

"传闻？"

"说三八子小姐也许怀了老爷的孩子，所以去悄悄生下那个孩子了。"

"是亚我叉先生的孩子吗？！"

"是啊。当时，老爷和白雪小姐的母亲结了婚。传闻就说正因如此，他才没有告诉任何人，悄悄让三八子小姐生下那个孩子。那位先生很好女色，身边不知换了多少人。现在回想起来，不管她为创作做出了多少贡献，让三八子小姐继承一半的遗产还是有些说不通吧？但如果是和她有个私生子的话那又如何呢？这样的话，也能稍微理解老爷的心情了。"

"原来如此……那，三八子小姐生下和亚我叉先生的私生子，那个私生子认为自己的母亲被四兄妹杀害，所以现在想要复仇！"

"这样想的话，就合乎情理了！"

总觉得右田看上去颇为愉快。风想起右田曾说自己讨厌八卦的事，但还是不提为妙。

"还有一件事，是关于五年前去世的弥生小姐的。"

"是春磨先生的妻子，对吧？"

"是的。我在那位小姐与病魔对抗时去探望过她，她当时悄悄告诉我，说打从心底对亡灵馆发生的事情感到后悔。"

"欸……"

"弥生小姐当时也一起去了三八子小姐去世的亡灵馆。毕竟是春磨先生的妻子嘛，理所应当。"

说不定，三八子小姐真的是被杀害的。

"那个，右田小姐你当时也一起去了，对吧？你怎么看这件事呢？"

"怎么看？"

"就是说，你觉得三八子小姐真的是意外去世或自杀吗？"

"这个……"右田含糊其词。

"请你如实回答。这关乎大家的性命。"风突然将脸凑近。

右田一副若无其事的表情，开口说道："这还用说吗，肯定是那四个人杀了她啊。"

"欸？"

虽然是预料之中的回答，但风被她的口吻吓到了。

"'欸'什么呀？你也是这么觉得的吧？"

"确实……是这么觉得的，但是……你有什么根据吗？"

"还说什么'根据'，肯定是为了争夺全部遗产啊。还能有什么其他根据？"

"我是说，关于作案手法，有没有感觉到什么不对劲的地方之类的呢？"

"没有啊，什么都没感觉到。当时实在太害怕了，我连那口井都没去看呢。毕竟我不是侦探嘛。"

把话明确讲到这个地步就很让人心情舒畅了。

"我明白了。那回到之前的话题，三八子小姐可能生下了孩子，是什么时候的事呢？"

"这个……有点儿记不太清了，感觉应该是三十多年前了。"

"请努力回想一下！要是真的有孩子的话，就能知道孩子的年龄了！当时发生的大事、奥运会、流行的东西之类的，什么都想不起来吗？"

"要让我想起那种东西可就有点儿为难了，我又不是什么家政保姆。"

"不对不对，你就是家政保姆吧！"

"欸？是吗？对哦。"

"对了，奥入濑龙青系列出版到第几部了之类的呢？"

"不知道，全都是一样的内容嘛。"

"哪里一样了？真失礼！明明完全不一样好吧！"

"说什么呢？每一本不都是在阴森的馆里发生了杀人事件吗？"

风向后仰，躺倒在床上。这样行不通啊，要是很了解过去的人不是右田小姐就好了。她这么想着，看向天花板。

就在这时，从某处传来重物相撞的声音。

右田浑身一怔，颤抖着大喊道："亡灵！鬼！"

"不是，只是有人弄掉了什么东西吧。"

"不是的，我想起来了！哎呀，不是有一部很出名的电影吗？那个……对了！《捉鬼敢死队》！"

"《捉鬼敢死队》？"

"出院回到家后，三八子小姐曾喊我一起去看。上映后我们马上就去看了！哎呀，真让人怀念啊……那天冷得不得了呢。回家的路上我们在百货商店里喝了热可可，小姐甚至请我吃了芭菲……"

"右田小姐好厉害！只要知道那部电影是哪一年上映的，就能知道三八子小姐的孩子的年龄！"

风打算搜索一下，于是拿出手机，却没有信号。她深切感受到了事事依靠手机的弊端。

"毕竟是那么有名的电影，去问问其他人应该就能知道了。啊，琉夏少爷说不定知道。"右田说着，打算去琉夏房间。

风一把拦住她。"早上再说吧，明天早上。"

"也是。但这样就浑身舒畅了。这下一定能好好睡一觉。"右田乐呵呵地走出房间。

"晚安。"

风也来到走廊，目送右田回到房间。听见上锁声后，她正打算回到房间，却停住了脚步。风把手从门把手上拿开，向客厅走去。她想起书架上有一本《吉尼斯世界纪录大全》。

风安静地走在九边形走廊上，看着等间隔排列的八扇门。想到凶手就藏在其中一扇门后，她忽然害怕了起来。头顶星星点点的灯光照亮走廊，亮度按理来说应该和白天一样，但微妙地让人感觉昏暗，就连颇有品位的地毯的酒红色也让人心里发毛。

最近这段时间，有种说起楼梯就全是旋转楼梯的感觉，风觉得连那螺旋形状都不稳定了起来，仿佛在没有尽头的螺旋中不断地徘徊着。

风小跑到二楼，跑进客厅。由于灯一直没有关，所以房间内很明亮，但鬼手的灯具还是让人不太舒服。她匆忙从书架上取出《吉尼斯世界纪录大全》，翻到电影的章节查看。如果是一度火爆的电影，应该有记载。她心里七上八下，正翻动书页时，听见"吱呀"一声。

是从头顶传来的。

吱呀，吱呀。

风听见走下旋转楼梯的轻微脚步声。

这个时候，会是谁呢？

有没有什么能作为武器的东西呢？凤将《吉尼斯世界纪录大全》换成厚重的词典，走出客厅，踏上楼梯。

她抬头看向螺旋中心处的楼梯井，屏住了呼吸。

她看见了一个小小的人影。对方也正向下看着。

对方突然跑下楼梯。糟了，被发现了。凤二话不说向上飞奔而去，但对方逃向三楼的走廊。是左边，挂在板斧旁的鬼面具消失了。凤下意识地将词典丢在一旁，取下金太郎的面具。她心中默念"惩治恶鬼！"用尽浑身力气追赶着。然而，由于走廊呈九边形的曲折形状，她没能跑出理想的速度。就差一步，凤没能抓住对方。不仅如此，两人距离也被渐渐拉开。四、五、六、七……她无意识地边数房门边追赶着，来到"八、九"的位置时声音消失了，只能听见"吱呀"的脚步声。跑进房间里了？不对，是楼梯，她跑了一圈又绕回来了。是上面还是下面？如果是下楼梯的话，脚步声应该会变大。是下面。凤再次跑起来。经过二楼时，楼梯的灯被关了。是那个人在下面切断电源了吧，凤这么想着，打算拿出手机，但伸手一摸，发现裤子后口袋是空的。不小心把手机落在房间里了，她只好在一片黑暗中向下走去，突然听见铁门的响声。在地狱之间。凤飞快向下奔去，发现楼梯下有微弱的光亮。铁门被打开，暖炉的火光照了出来。已经没有退路了。凤调整呼吸，手轻轻搭上铁门，慢慢踏出一步，又忽然停下了脚步。

对啊，跑到这里已经没有退路了，从外面挂上门闩就能把对方关在里面。

凤收回迈出的脚，猛地关上了被打开的两扇铁门。

嘶！

风惊吓过度，反而发不出声音。鬼藏在铁门背后。

她瞬间浑身汗毛竖起，身体由于恐惧无法动弹。虽然只是一个有些模糊的人影，但她可以确定对方就站在那里。唯有雪白的角和炯炯有神的眼睛仿佛鬼火一般浮现。

鬼也一动不动。风只能感觉到对方正死死盯着自己。

听见窸窣脚步声的一瞬间，风扑向对方，但手掠过衣服，被对方逃走了。她转头看向发出声响的方向，却什么也没发现。风摸索着扶上旋转楼梯的墙壁，往反方向跑去，堵住通向玄关的路。一声微小的"咔嗒"声传来，是右边，估计在楼梯附近。她吸了吸鼻子，但没有闻到任何味道。她将所有精力集中在耳朵上，眼睛已渐渐习惯了黑暗，能够模糊地看见通向玄关的走廊了。没事的，冷静点儿，只要守在这里，对方就无法逃到外面去。

风做了个深呼吸。大声问道："是谁？"

当然，对方没有回答。

"既然在逃跑，就说明你是凶手吧？"

对方没有回应。连呼吸声都听不见。

没错的，肯定就是凶手。一定要抓住他。

风将这个想法藏在心里，攥紧拳头。就在这时，她脑海中闪过一个念头。

只要把这里弄亮不就行了。多么纯粹的解决办法。

通向玄关的走廊左侧应该有开关。她摸索着墙壁，立刻摸到了冰冷的黄铜。风调整站姿，面向楼梯，背过手，将开关向上掰去。

灯瞬间被点亮，可以看见楼梯的右侧后方有一个人影。风全力冲刺过去，却听见"啪"的一声巨响。与此同时，黑暗重新笼罩。

欸?

被乘虚而入了,她立刻意识到是对方切断了总开关。

灯光明灭闪烁,十分晃眼。对方仿佛抓住时机行动起来,风听见了脚步声。对方正在靠近。糟了。风慌张地向楼梯入口处伸出手,却摸了个空,金太郎的面具反而从手中滑落了。接着响起跑上楼的声音,风再次追赶其后。

楼梯也是一片黑暗。她扶着墙壁,紧跟对方的脚步。墙壁到尽头,风便知道是到了二楼,但声音和震动并没有变化,她拖着脚步小心地跟上。忽然,脚步声发生了变化,对方又一次逃到三楼,风再次在走廊左转,但与方才是完全不同的情形。三楼也被黑暗笼罩着,她什么也看不见,置身于前所未有的恐惧之中。

只能听见窸窸窣窣的脚步声,风便向着脚步声追去。她连现在身处何处都不知道。明明是在追赶对方,却深感自己在被对方追赶。

吱呀。

某处发出声响,风眼前亮起了光。对方打开房门,风向前扑去,紧紧抓住凶手。

"哇!"

是男性的声音。风定睛一看,原来是拿着手机的琉夏。

"琉夏?"

"等一下,小风?哎呀,吓我一跳。怎么了?"

琉夏一脸确实受到惊吓的表情,说是突然没电了于是走出房间。

这时,响起"咔嗒"一声,是门被关上的声音。

"借我一下！"

风从琉夏手中夺过手机，打开手电筒，绕着走廊查看了一圈。

所有房门都紧闭着，十分安静。

糟了。凶手回到自己的房间了。由于当时风在和琉夏说话，也没听清声音是从哪里传出来的。

"我的天哪！"风仰天叹息。

接着，琉夏的身后出现另一抹亮光。现身的是魅子。

"嗯？怎么回事？"

"睡不着，就不由得……拜托了，帮我们保密哦。"魅子低声拜托她。

对了，这两人是恋人关系。就算如此，明明还只是中学生，在这种深夜干什么呢……风的胸口不寻常地大幅度起伏着，她回想起自己从刚才追赶凶手开始就一直喘着粗气。

"不对，现在不是干这种事的时候！得把大家都叫起来，快来帮忙！"

风说完，绕了一圈敲响各个房间的门。

"大家！快起来啊！"

魅子和琉夏还在惊讶于发生了什么时，其他人陆续来到走廊上。他们聚在一起，打开了手机的手电筒。

"怎么了？为什么开不了灯？"红叶问道。

风紧紧盯着她的脸。"刚才，我和凶手在玩捉鬼游戏。对方逃到一楼，总电闸被关闭了。"

"什么？"

豹脸上的困倦一扫而空。众人沉默地相互望着。

"总之先将总电源……"

风抓住了打算走向楼梯的羽贺的手腕。

"请等一下。在那之前,请先让我确认一下。"风将手电筒对准羽贺的脸,凑近认真盯着。

真的是刚睡醒吗?呼吸有没有被打乱?有没有流汗?还有,是否有所隐瞒?风紧紧盯着那双眼睛。

她按顺序一个个检查,却仍一无所获。回想起来,由于当时在一楼稍微休息过了,风自己的呼吸也没有被打乱。

"嗯?"风最后检查右田的脸时,身后的魅子说道,"爸爸呢?"

"欸?"风也不由得发出一声疑惑。她连忙环视一圈,秋罗不在。

红叶猛地回头,视线落在秋罗那仍然紧闭着的房门上。

鬼面具掉落在那扇门口,应该是在黑暗中逃跑时丢下的吧。

"这是刚才凶手戴过的东西。"风提心吊胆地说道。

"听好了,所有人都不要轻举妄动。"

豹迅速行动起来,敲响秋罗的房门。

没有回应。

"秋罗先生?"风走近问道。

豹便将手搭上门把——"咔嗒"——把手轻易地转动起来。门没有锁。

"请等一下。"

风抓住打算开门的豹的手。

"做什么?"

"心理准备……"

不管怎么想都有种不祥的预感——不如说是只有不祥的预感。风的心脏再次怦怦狂跳起来。

豹没有理睬她，立刻打开门。

风倒吸一口冷气——

又立刻呼了出去。

秋罗不在房间内。

豹和风进入房间。羽贺和琉夏接着走了进去。

"秋罗先生？"

风战战兢兢地打开浴室门。

秋罗不在里面。

豹掀开窗帘，打开窗户。人也不在外面。

"这个……"琉夏说道。

其他人看过去，发现桌上放着一本打开的笔记。风看向笔记，大吃一惊。

　　杀害三八子小姐的是我们四兄妹。作为报应，我会上吊自杀。还请原谅。

"怎么会这样？！"风不禁大叫出声。其他人也围了过来。

"骗人的吧……"魅子捂着嘴后退了一步。她身旁的红叶也一时失语。

风看向豹。

"刚才，凶手是从四楼下来的。"

豹猛地睁眼。

"鬼之间吗……"

风冲出房间，跑上旋转楼梯，豹和其他人紧随其后。他们到达四楼时，鬼之间的铁门是关着的，不管推还是拉都毫无动静，似乎从内部挂上了门闩。

"秋罗先生！你在里面吗？"风敲着铁门喊道。

并没有回应。

"让开！"

豹一把将她推开。仔细一看便能发现，雕刻在铁门上的鬼的肚脐位置有一个小洞。豹迅速蹲下，凑近小洞。

"太黑了看不清，但有东西在摇晃。"

"啊！"

风从小洞向内窥探，发现昏暗的房间中心，戴着黑色鬼面的铠甲武士歪着头，头盔似乎快要掉落了。在那盔甲身后，有一个人影犹如亡灵般摇晃着。

拨云见月，月光从天窗照射进屋内。

风没能发出悲鸣。

因为眼前正是她畏惧的场景。

沐浴在清冷的月光下摇晃着的，正是上吊的秋罗。

众人依次从小洞查看状况后，都低着头。没有任何人说话。

只有魅子没有看，她在旋转楼梯上坐下。红叶坐到她身旁，颤抖着将她抱进怀中。

风在铁门前一动不动，沉浸在思绪中。

鬼之间与地狱之间相反，是可以从内部挂上门闩的构造。这扇铁门是无论如何都打不开的，也无法像客房的门一样轻易破坏。

"只能打破天窗了。"豹说道。

羽贺跑向二楼的储物室。他回来时没有在四楼止步，而是径直往屋顶上方跑去。羽贺在厚重的天窗上贴好胶带，接着用锤子敲打，于是玻璃没有四处飞散，而是完美地裂开了。

羽贺那精妙的手法和身姿，被凤通过小洞尽收眼底。
　　由于没有绳子之类的东西，凤本有些担心，但羽贺运用擅长的室内攀岩技巧，用手撑在墙壁上，顺利地从房梁上下来了。
　　羽贺从里面打开铁门。他呼吸急促，脸色铁青。
　　"啊——"
　　右田悲痛的惨叫声回荡在高悬的天花板下。
　　秋罗果然还是死了。
　　他在房梁挂上绳子，上吊了。
　　坐镇于秋罗身前的黑色鬼面铠甲武士背后，有一个倒在地上的小凳子，估计是一楼吧台的凳子。看样子是因为碰到这个，头盔才歪斜了。虽然这个铠甲武士确实很可疑，但并没有其他奇怪之处。
　　石灰墙上没有任何刮痕，天窗是被焊死的，是无法开关的构造。羽贺打破玻璃才终于进入房间也是事实。
　　地狱之间的暖炉送出的暖气只到三楼为止，鬼之间内既没有暖气也没有通风孔。
　　他们用手电筒照着检查铁门，完全没有发现可以透光的缝隙。毕竟本就不是门锁设计而是门闩，无法利用铁丝什么的从外面关门。
　　完美的密室。
　　豹用笔迹鉴定软件调查遗书上的字迹，的确出自秋罗之手。
　　"不管怎么想，这都是自杀呢……"广海说道。
　　众人静静地点头赞同。
　　魅子蹲下，哆哆嗦嗦地颤抖起来。琉夏握住她的手，带她离开了房间。
　　"我先生……在十五年前干了什么……"红叶气若游丝地说。

比起丈夫去世，丈夫可能是凶手这件事更让她震惊吧。冈察觉到些许奇怪，但可能只是因为还没整理好信息。

"那肯定指的是三八子小姐的事吧……"片刻后，右田回答道。

"我也想问一下大家，刚才有人和我一起玩捉鬼游戏吗？"冈问道。众人都摇了摇头。

"那么，这肯定不是自杀。刚才我在二楼时，和某人在旋转楼梯的楼梯井里对上视线了。对方从四楼跑下来，虽然我拼命追赶，还是让对方逃掉了，最后逃进三楼的某个房间内。是那个人杀害了秋罗先生。"

"但是，这个密室是如何……"羽贺问道。

冈充满自信地回答："完全不知道。"

时针指向三点半。

失去睡意的一行人聚集在客厅内，却无人说话。

蜡烛的火光和手机的手电筒将众人的脸照得有些灰暗。

红叶双眼红肿。右田一副受悲伤与恐怖折磨的模样，仿佛在祈祷一般闭上眼，双手合十。

"后续谨慎单独行动。"豺留下这一句话，和冈一起走向一楼。

旋转楼梯旁边，原本用于隐藏总开关的地狱景象画作掉落在地。总电闸果然被切断了。两人将开关推回原位，电源便重新接通了。他们检查开关，没有发现指纹，凶手大概戴了手套。鬼面具上也没有留下痕迹。

冈十分不甘的同时有些佩服。

凶手刚刚肯定也受到了惊吓。他计划在逃跑时将冈关进地狱之间，才来到一楼，再加上冈没有踩进那个陷阱，他便想到了切断电源总开关的行动。特意取下鬼面具也一定是他万分谨慎的成果。

在那种紧要关头，他究竟是有多冷静啊。

可能是冈的臆测，但没有选择金太郎的面具这一点让她有种凶手故意而为的感觉。

她叹着气将自己的想法告诉豹，豹却一时失笑。

"低级错误啊。"

"欸？我吗？"

"凶手跑下二楼时，你要是留在三楼堵住楼梯口，再大声将我们都喊醒就好了。没从房间里出来的肯定就是凶手了嘛。"

冈无言以对。

确实。为什么自己当时没想到呢？明明是侦探，真是丢人。

"但是吧，光是没被对方关进地狱之间这一点，也算是你干得漂亮。"

难得受到豹的夸奖，冈却高兴不起来。

第四位受害者的出现，让她心底感到阵阵剧痛。

光想着这种事的话，就什么都做不了了。于是冈清空了思绪。

她将"噗噗"从肩上取下，抱在怀里深呼吸。

"要守护我哦。"她轻声说着，而后迈出步子，与豹一同向上前往鬼之间，紧急开始现场调查。

冈在拍照的同时粗略调查了一遍，并没有特别奇怪的地方。她借助羽贺和广海的帮忙将秋罗的遗体取下，放在榻榻米上，盖上床单。

在这之后，两人也调查了秋罗的房间，仍是一无所获。

正打算离开房间时，红叶进来了。

"我想你们可能有些饿了。"

红叶拿出三明治，飒便立刻扑过去接过。

"谢谢！也请帮我向右田小姐道声谢。"她低头道谢。

红叶摇了摇头。"这是我做的哦。抱歉啊，手艺不精……"

飒仔细一看，面包是歪斜的三角形，火腿和芝士也漏了一大块出来。

"啊，这样啊，不好意思。谢谢您。"

飒比刚才更郑重地道了谢。平常完全不下厨的红叶特意为自己做了三明治，让她感到非常开心。正因为手艺不精，才更能感受到对方的心意。飒递了一个给豻后立刻大口吃起来。

"那个，关于我先生，有件不得不说的事……"

"什么事？"

"其实他……已经外遇很长一段时间了。"

飒转过头，与豻交换眼神。

"调查出来了。"豻淡淡地回应。

"欸？啊，这、这样啊。"

由于红叶的表情有点儿难看，飒便插话附和道："但是，我们不知红叶小姐知道这件事，所以能听你讲出来真是太好了。"

"这样啊。"

红叶露出一副略显哀伤的表情。

豻吃着三明治问道："可以理解为你们夫妻的关系已经完全破裂了吗？"

"嗯……算是吧。但是我并不恨他。作为家人的亲情还是有的，所以才很伤心。凶手太可恨了……"也许是被豻毫无顾忌的问话吓到了，红叶的表情有些许改变，"所以拜托了，一定要抓到凶手。"

看着她坚定的眼神，豺点了点头。

风插嘴宣布道："嗯！一定会抓到凶手的。"

"那就拜托了。"

红叶转身要走时，豺缓声问道："你女儿知道吗？"

红叶并没有回头，说："我就是从她那里得知的。"

随后"吱呀"一声，门关上了。

风连三明治都忘了吃，坐到床上。

拥有作为推理帝王的祖父、住在凤凰馆里、被父母精心养大的大小姐——风感觉曾这样轻视魅子的自己，或许是有眼无珠了。

总有种难以排解的苦闷感啊。

"我去调查天窗上面。"风忽然起身说道。

她离开房间，顺着楼梯往上爬。不能就这么萎靡不振，总之先行动起来吧。倒不如说，不行动起来的话她就要撑不下去了。

她越过四楼，打算继续向上走，便伸手开门。然而，手被赶来的豺抓住了。

"冷静点儿。脚滑了的话就没命了哦。"

虽然有自信不会脚滑，但确实可能有危险。瓦片屋顶虽然并不陡峭，但也是个缓坡。

"嗯……那我绑个安全绳。"

风转头向储物室跑去。可能是被秋罗拿去上吊了吧，储物室内没有绳子。

"这个……应该不行……吧？"

她手中拿着的是钓鱼线。储物室中有一整套钓鱼工具。

"你是想死吗？"豺哑然失笑。

风将钓鱼线放回架子，作为替换，她又拿起在封闭道路时使用的塑料链条。"比钓鱼线像样吧？"

"你是想死吗？"豺重复了一遍，"这个可只能承重十千克。"

"那没问题啊。因为我的体重也就三个苹果左右。"

"你是凯蒂猫啊？"

"居然知道这个！豺先生，你其实是少女吧。"

风笑着跑上旋转楼梯。豺似乎意外地担心她的安危，虽然愣了一下，还是跟在她身后。风把塑料链条绕在腰上，用钩子固定，另一端固定在通往屋顶的门的把手上。屋外严寒，但没有风。月光就那样洒在她身上。

"神也是我们的伙伴呢。"她嘻嘻一笑。

豺也点头说："可能是死神的诱惑。"

"不管是神还是死神，我都想交个朋友。那么，我出发了。"

风敬了个礼，手脚并用爬上屋顶，这样能减少脚滑的风险。她缓慢但平稳地移动着，发现屋顶上放置着一个十分可疑的机械，而且是已经被破坏了的。

"这是……"

"被我破坏的天线啊。"

一句冷静的吐槽飘进风耳朵里。她回头一看，发现豺正坐在门前。

"对哦。"

风继续向前爬去，开始调查天窗。天窗的玻璃已经碎裂，她仔细观察天窗边框，但并无可疑之处。

她在平缓的瓦顶斜面蛇形前进，调查向外凸起的鬼角。正如小说中所写一般，表面似乎黏附着真正的金片。即使没有护理保养，鬼角仍很好地保持着其美丽壮观。但是，仔细看会发现上面有些许细微划痕。

"有什么发现吗？"

冈将观察到的事如实回答。她紧抱着鬼角，向下看去，发现自己正倒挂在海上，忽然一阵眩晕。

"这下面，是谁的房间啊？"

"夏妃和琉夏那儿附近吧。"豺立刻回答道。

不愧是华生，真是完美的助手啊。冈虽这么想，但还是选择不说出来。她向旁边移动，发现边缘缺失了一部分瓦片。

怎么回事呢？她正打算爬过去细看，忽然刮来一阵风。

要掉下去了！

冈僵直不动。

链条紧紧绷直，支撑着她。

她松了一口气，但瞬间链条发出了"吱呀"声。

"要断了！抓紧！"豺大喊道。

"骗人的吧！不行啊，等一下，撑住啊！"冈向鬼角伸出手，却够不到，瓦片边沿也无法抓住。链条虽仍勉勉强强支撑着她，但忽然又响起了"咔嚓"一声，链条出现了裂痕。

"完了！要掉下去了！"

必须得采取行动！要是能减轻体重的话就能得救了！冈平稳地抬起手，果断将重要性仅次于生命的眼镜扔掉了。

"咔嚓！"

扔掉眼镜毫无意义！

已经没救了，我就要死在这里了。冈的脑海中一片空白。她的视野与眼镜一同消失了，现在她的世界一片模糊。不过正好，这样她就不恐高了。

"咔嚓！"

身体与第三次响声一同下坠。

瞬间,有东西抓住了她的脚,下一刻她就被硬生生拉了上去。虽然只能看见模糊的影子,但她知道那是豺。

恐惧感与意识一同恢复了,冴不停地颤抖起来。好痛。她的手腕忽然被紧紧抓住,接着便被抱了起来。伴随着疼痛,她闻到了一股清淡的酸甜气味。

"浑蛋!我都说了!"

冴被扔进室内,听到一阵怒吼。她抬起头,泪眼汪汪地看向豺。

"对不起。豺先生,谢谢您。"

她颤抖着低下头。豺一言不发地离开了。

他那随着急促呼吸晃动的肩膀,看上去却透出几分温柔。

"什么?差点儿掉下去了?!没事吧?"

冴四肢并用地沿着楼梯向下爬去时,魅子跑了上来。

"嗯,没事的。但是眼镜掉进海里了,现在什么也看不见。"

她的视力在 0.01 以下,裸眼甚至无法好好走下楼梯。

"哎呀,真是的……不要太勉强自己啊。先休息下吧。"

魅子搂住她的肩膀,和她一起向下走去。冴冰冷的身体旁,是魅子温暖的心和身体。

"谢谢。但是不要太勉强自己的应该是小魅子你吧。"冴停下脚步。

魅子轻轻点了点头。"嗯,但是……为什么呢……可能是因为有点儿感受不到爸爸已经死了的真实感……比起这个,如果有凶手存在,想要抓住凶手的心情可能更迫切一些。"

魅子说着,紧紧握住冴的手。

"对不起啊,我明明说了要揭露凶手的真面目……"

风的双眼湿润起来,更看不清了。

很不甘心。很羞愧。

对凶手发出了停手的请求,但那毫无意义。当然了。哪里有让停手就停手的凶手啊!抓住凶手、阻止罪行,本就是侦探的工作。

风有种要被自己的没用击垮的感觉。

"别这样了。哼哼,你不用道歉,快像平时一样活泼地笑一笑啊。"魅子冲风笑着。

明明最痛苦的就是魅子,为什么她能这么坚强呢?

风将魅子的笑容记在心中,发誓要将其转化为力量。

"嗯,好。"

她用力点了点头,与魅子一起迈出步伐。

魅子轮廓分明的侧脸十分美丽。她似乎白天会戴隐形眼镜,晚上则戴有框眼镜,镜片后的美丽眼眸让人着迷。风正沉浸其中,闻到了一股淡淡的酒香。

"嗯?小魅子,你喝酒了?"

"怎么可能?"

怎么回事?风有些疑惑地走进魅子的房间。她让魅子坐到床上时,琉夏拿着温热的红茶走了进来。

"谢——"

风接过红茶,正要道谢,又忽然转口说道:"琉夏,你喝酒了对吧?"

"啊?没有啊。"

"骗人。"风抽动着鼻子靠近琉夏,"你身上有香甜的气味和酒香哦。是巧克力和威士忌。"

琉夏后退一步，笑道："啊，我知道了，我刚才吃了秋罗先生给的威士忌酒心巧克力。"

"就是那个！刚才你们俩待在一起对吧，所以小魅子身上才会有酒香。"

风拍着手看向魅子，对方却一脸不可思议。

"但是，我没有吃。"

"欸？"

那这是怎么回事……风思考着，而答案显然只有一个。深夜悄悄幽会，琉夏的气味从魅子的嘴中飘出，也就是说——

亲吻、亲亲、亲嘴、接吻。风心跳加速，脸发红发烫。

看着风那副模样，魅子伸手拍了她一下。

"真是的，都怪你鼻子太灵敏啦。只是接吻而已，别做奇怪的幻想哦。"

"哦！"

风无话可说。她明明完全没想过比接吻更亲密的事……现在的中学生真是不得了。她有些担心，就算不是杀人罪，他们是不是也可能被逮捕。

"话说回来，你也太厉害了吧？我吃完后还认真刷了牙。"琉夏有些惊讶。

魅子点了点头："嗯，感觉可能比平常还要灵敏些。"

"是不是能力觉醒了？"琉夏开玩笑般说道。

魅子提高了音量："难道是因为眼睛看不见了？哼哼不是说过嘛，出生后父母没有立刻发现她视力很差的事情，所以她嗅觉才变灵敏了。"

"欸，不是吧不是吧，怎么会……"

虽然嘴上这么说，但风忽然停下动作。

"但是，这么一说，好像确实在昏暗的房间或者睡觉时对气味更敏感一些。"

回想起来，在天狗馆时也是这样。她留意到豺在外面抽卷烟的气味时，也身处黑暗之中。

"你先戴上这个试一下。"

魅子将自己的眼镜递过来，凤伸手接过戴上。因为度数不高，所以视野仍一片模糊，但比不戴能看得更清楚些。她看着琉夏清澈的眼睛，将鼻子凑近他嘴边。

"真的！酒心巧克力的味道不见了！"

"不得了！"魅子和琉夏异口同声地说道。

"这个能不能先借我一下？"

"可以啊。"

"谢啦！"

凤连红茶都忘了喝，立刻跑向鬼之间。

她不停地嗅着。血的味道，还有尸体的味道，即使戴着眼镜也能强烈感受到。凤蹲下身体，摘掉眼镜，气味瞬间变浓。秋罗喝过的酒香弥漫开来，之后又传来榻榻米的清香。

凤有一种笼罩着迷雾的脑海逐渐变得晴朗的感觉，像是忽然开窍了。

"怎么了？"

豺也过来了，于是凤向他说明自己能力觉醒的事。

凤在鬼之间内爬行，调查矮凳的凳脚，触摸榻榻米。

她让居高临下地看着这一切的豺走到一边，掀开榻榻米，露出粗糙的地板。凤趴在地板上四处探索，发现了一个小洞——一个直径仅有三厘米左右的小洞。

她将鼻子凑近小洞，抵在上面闻了几十秒。

"有什么味道吗？"豻也蹲了下来。

风抬头说道："稍微有点儿炸药的味道。"

她戴上眼镜，跑下楼梯。

进入仍有烧焦味的白雪房间，她站到椅子上凝视天花板。

接着，她发现了一个小洞，也是一个直径三厘米左右的小洞，但几乎与天花板的花纹融为一体。

"果然……这个洞和鬼之间的洞是相通的啊。"豻感叹般说道。

"密室诡计吗……"

"是啊。"

风再次取下眼镜，蹲在床上，盯着空气思考起来。

有点儿奇怪。变得敏锐的脑海感觉有点儿不自然。刚刚注意到的某件事有些不和谐。是哪件事呢？风慎重地追溯着记忆。

"怎么了？"

风无视豻的疑问，径直离开了房间。她回到魅子的房间时，魅子和琉夏正在喝红茶。

"小魅子，你学过德语对吧？"

"嗯，学过，怎么了？"

"德语里的'春天'怎么说啊？"

魅子立刻回答道："Frühling"

果然，如她所料。

风又问了夏天、秋天和冬天的德语，道谢后离开了房间。

重要的记忆正一个接一个苏醒过来。为了不浪费任何一秒回忆，风飞快地行动着。

她来到客厅，翻阅起被放置不管的《吉尼斯世界纪录大全》，在电影票房纪录的章节发现了《捉鬼敢死队》的记录。

这部电影于一九八四年十二月上映，第二年便取得了日本票房冠军。

"啊！"风不禁喊出了声。

"你在干什么？"豺探出头。

"呃……那个……"

风稍作思考，凑到豺耳边说："有一件很重要的事水落石出了。"

说完这一句，她便停住了。红叶和广海正盯着他们。

"跟我过来一下。"

风将《吉尼斯世界纪录大全》放回书架，离开了客厅。豺跟在她身后，二人走进储物室。

"三八子小姐，很有可能生下了亚我叉先生的私生子。"

"什么？!"

风关上储物室的门，将右田说过的话概括了一下告诉了豺。

"然后，那个孩子应该是一九八四年出生的，现在三十八岁。"

"三十八……"豺摸着胡楂思考。

风打开储物室深处的小窗，在冷风中说道："所以我就想啊，威胁秋罗先生和夏妃小姐的名为 Happy 的那个人，是不是就是三八子小姐的孩子呢？"

"因为对四兄妹怀有极大的恨意，所以利用白雪敲诈勒索……"

"没错。"

"确实，三十八岁的人……"豺盯着某处小声嘟囔，看样子他即使不看笔记也能回忆出内容，"但是，就算真的是这样，对方如何……"

"请让我一个人思考一下。"风说完，离开了储物室。

她来到厨房，看了一眼装着水果的篮子。新鲜的酸橙绿油油的，她想起之前夏妃小姐的鸡尾酒上曾放着酸橙。

凩爬上旋转楼梯来到三楼时，忽然"啊"了一声。

她的眼前是豺的房间，也就是原本春磨使用的房间。

"欸？但是……"

她转过身，摘下眼镜，用模糊的视线从楼梯向下看。

随后她再次戴好眼镜，回到二楼，对厨房里的右田说："我有件事想问一下。"

"有什么进展吗？"

"那个，可以麻烦再现一下当时在楼梯上摔倒的情景吗？"

"可以倒是可以。"

右田随她一同走上楼梯，在快到三楼的最后一级台阶上假装绊到脚摔了一下给她看。

"大概这样。"

"可以再告诉我一次当时从这里看见的人吗？"

"嗯……首先是羽贺从这边跑了出来，然后是琉夏小少爷，最后是夏妃小姐和广海先生——那二位将我扶了起来。"

"这不可能。"凩小声嘟囔道。

"什么意思？"

右田的声音并没有传进凩的耳中。她坐到楼梯上，摘下了眼镜。

即使被问"怎么了"，凩也毫无反应，只是死死盯着空气。

右田有些疑惑地离开了，而凩还是就那么坐着不动。

只有鼻子在微微抽动着。

她刚才感受到的奇怪的感觉逐渐变得明朗，在脑海中显现出来。

凩缓缓起身，身体颤抖着。

她踏着坚定的步伐，一步一步向四楼移动，仔细观察被雕刻在铁门上的鬼的肚脐。戴着黑色鬼面具的铠甲武士仍歪着头坐镇在房间中央，矮凳被它的身躯挡住了，从门口看不见。风进入房间，确认了凳脚，又抬头看向高高的天花板，盯着破碎的天窗。

她下楼梯来到秋罗的房间，摘下眼镜后重新读了一遍遗书，又一次回想起威士忌的香气。香气逐渐转变为酒心巧克力的香甜气味，她的脑海中浮现出几个数字。

手指摆出的三和时钟所指的八。亚我叉的遗产。助手三八子小姐。亡灵馆。完美犯罪。《捉鬼敢死队》。

是可能的，风想道。

她回到客厅，站在窗前。闭上眼，她眼前浮现出夏妃坠落的那一瞬间。这里的正上方就是夏妃的房间，更上面则是鬼角。鬼角上有划痕。

风感受到一股淡淡的烟味，睁开眼，发现羽贺正在身旁盯着大海。

那与他往常冷静的眼神有所不同。

风又来到三楼，将挂回墙上的鬼面具放在金太郎面具的正对面。挂在正中央的板斧看上去像是能击退任何恶鬼一般令人畏惧。

她走进白雪的房间，用火钳将因爆炸而烧毁的残骸分拣开。

理应存在的东西却不在那里。风盯着未被烧毁的金色假发，再次想道。

是可能的。

四处散落的痕迹逐渐连成一条线，而风的心情正犹如在这条细线上行走一般，只要踏错一步，就会坠入深渊——无底昏暗、冰冷刺骨的深渊。

她在无意识间将"噗噗"紧紧抱在怀里。连"噗噗"那柔和的温暖,也无法平静她内心的翻腾。

冈来到阳台,看着春磨落下的那片海,又抬头看了看上面,转头看了看右边春磨房间的阳台。她想试着看到更前面的夏妃房间的阳台,于是探身出去,但因为角度问题无法看见。

怀疑转变为确信,她脱口而出:"是可能的。"

一股白气飘出,又如亡灵一般轻轻消散。

"什么是可能的?"

冈闻声回头,发现魅子在身后。

"啊,那个……"

魅子向有些动摇的冈靠近。

"我知道了。你找出凶手了,对吧?"

往常的可爱不见踪影,魅子的目光十分锐利。

这下可糊弄不过去了。冈便诚实地点了点头。

"那就宣布吧,侦探。"

被这么说就没有退路了,冈身上奥入濑龙青的血液在沸腾。

"嗯。"

她直面魅子时,发现她身后有一个人影。

"有什么我能帮忙的吗?"

刚才的话好像被听见了。

那坚定的目光与凶手的身影完美重合。

来得正巧。

冈也注视着对方的脸,认真地回答道:"拜托了。"

13

早上五点过后，飒向在鬼之间内沉思的豹搭话道："你知道凶手是谁了吗？"

豹盘腿坐在榻榻米上，一脸不耐烦地看向飒。"我看起来像是知道的样子吗？"

"那，我可以拜托你做些助手的工作吗？"

"啊？"

"我想让你把大家聚集到客厅里来。"

豹立刻站起身。"你知道凶手是谁了？"

飒点了点头。

然而，她的脸上毫无笑意。昨天早上认为白雪是凶手时，她还有些高兴，但现在这个情形，她实在是高兴不起来。

豹离开鬼之间后，过了几分钟，飒才拖着沉重的步伐来到客厅。大家都已经在客厅内了。

红叶和广海坐在餐桌旁，魅子和琉夏一同坐在沙发上，右田坐在摇椅上，羽贺靠在窗边的栏杆上，豹则站在书架前。

飒缓慢地走到窗边，转过身。

她看向众人，耷拉着眉毛开口说道："我解开谜题了。"

飒在惊讶的众人面前潇洒地摘下眼镜，娓娓道来。

"首先是春磨先生的死。计划杀害白雪小姐但失败了的春磨先生,应该是打算逃到隔壁的阳台上,但即使是在翻越阳台的途中失足,他也不会掉到栏杆外面去。他掉进海里,说明这并不是一起意外事故。那是自杀吗?春磨先生对白雪小姐恨之入骨,杀害她后再自杀还有点儿可能,但失败了再自杀是无论如何都说不通的。在那之后又出现了三名受害者,于是我确信,这是以兄妹四人为目标的同一凶手连续作案。"

所有人都沉默地听着。

"感觉哼哼……没了眼镜之后是不是变了个人啊?"只有魅子小声说道。

凤自顾自地继续说下去。

"按顺序一个个说明哦。第一起事件,凶手将我们藏在床下的假刀替换成了真刀,目的是让春磨先生成功杀死白雪小姐,现实却发展成凶手未曾想到的事态。由于春磨先生先用刀刺穿了小说,导致白雪小姐发觉那是真刀,于是一跃而起,飞快逃进浴室。这对凶手而言,应该是预料之外的事吧。但是,春磨先生还是按照原计划从阳台逃了出去,于是凶手也能按照原计划将春磨先生推进海里了。"

"是谁……"广海难以忍耐,不禁大喊出声。

"仅从这一事件还不能搞明白凶手是谁。因为只要将春磨先生推下去后再从阳台回到自己房间的话,谁都可以再装作不知情的样子赶到白雪小姐的房间。"

众人一脸不安地交换视线。

"接下来是白雪小姐被杀害的第二起事件。这起事件中令人在意的是作案手法。凶手极其聪慧且狡猾,如亚我叉老师的小说一般,利用细致的诡计杀害了春磨先生、夏妃小姐和秋罗先生。但唯独白雪小姐的这起事件，既不是密室，所有人也都没有不在场证明。利用断头台作案是以模仿小说作为幌子，但作案手法明显有些随意。我认为，是因为这起事件是凶手让春磨先生杀害白雪小姐的计划失败了，于是不得不进行的临时杀人事件。"

"不会是其他凶手作案吗？"红叶问道。

"我也想过，但不是的，因为凶手在接下来的杀人事件中利用了白雪小姐的死。"

"什么意思？"豸问道。

"被杀害的白雪小姐用手指比出'三'，凶手不可能漏掉这么清晰易懂的死前信息。而且，白雪小姐的后脑勺遭受了打击。由于现场没有争执痕迹，所以是她被叫到地狱之间时，凶手趁她不备从后面袭击，再将她绑到断头台上的。就像豸先生说的，'三'是凶手的伪装。那么，凶手为什么要这样做呢？这是因为，这个信息与夏妃小姐的死亡以及稍早一些发生的事件有所关联。凶手为什么要炸掉白雪小姐的房间呢？"

"是为了烧毁她的某件物品吧？"琉夏说道。

"我也这样想过，但其实不是的。凶手另有目的，那就是为了让某件东西消失。"

"某件东西？"

"让我很在意的是这个，假发的残骸。"

冈将用手机拍下的照片拿给众人看，照片里是戴在像是白雪的尸体一样的人偶头上的金色假发。

"所以是为了烧毁人偶才在房间内引起爆炸吗？"魅子问道。

"不对……但很接近了。答案是，为了让我们以为人偶被烧毁消失了。"

"什么意思?"豹向前走了一步。

"前天晚上,凶手在地狱之间将白雪小姐杀害后,将原本放在她房间内的人偶的假发摘下,并将人偶搬到屋顶上。他用绳子绑着人偶的身体,绕鬼角一圈,让绳子的另一端自然下垂,再用绳子上的钩子钩住下一层的某个窗沿。这样一来,只要打开窗户,钩子便会松开,人偶则会和绳子一同掉落下去。"

"所以……那个时候掉下去的是人偶吗?"广海起身说道。

"没错。我和广海先生以为我们从客厅看见夏妃小姐掉了下去,但其实不是的。那是人偶,而且掉在栏杆之外,掉进大海之中。"

"这样啊。而且那个人偶的材料本来就是水溶性的……"豹仿佛感到佩服一般轻声说。

"是的。其中一个鬼角就在夏妃小姐房间的上方,而且因为鬼角从屋顶大幅度向外凸出,所以凶手能够让人偶越过栏杆掉进海里。我在那个鬼角上发现了绳子剐蹭的痕迹。"

"原来如此……"

"按这个思路,客厅里的时钟谜题也就迎刃而解了。凶手故意将时钟藏在窗户下面并让时钟发出响声,是为了让人目击人偶掉落。时钟突然发出响声的话,不管是谁都会去寻找声音来源嘛。凶手即使不在场,也能听见声音。等时钟响过几次,凶手便抓住时机,从某个窗沿解开钩子,让人偶落下。这些全部都是为了让我们误以为是夏妃小姐掉了下去。"

"那姐姐的尸体是之前就在那里了吗?"红叶问道。

"正是如此。各位都是推理狂热爱好者,所以理解速度很快,真是帮大忙了。"

"那么,那个家伙,什么时候杀害了夏妃?"广海大喊道。

"夏妃小姐最后被目击是在这个客厅内,说是要去叫醒广海先生所以离开了。当时是下午五点过后。也就是说,从那个时间点到爆炸发生的十几分钟,就是凶手的作案时间。"

"是谁?是谁将夏妃……"

冈将众人的行动整理了一遍。

魅子跟随夏妃的步伐,去三楼喊琉夏。在那之后,右田去了厕所,在爆炸发生前一直没有回到客厅。羽贺在食材库内,广海和琉夏分别独自待在自己的房间。秋罗和红叶两人一起在房间内,但也可以认为是共同作案,所以不在场证明不成立。

"综上,所有人都有作案的可能性。接下来进行下一个推理。"

冈平淡地继续着。

"关于秋罗先生的威士忌内被下毒的事件,也与白雪小姐的事件相同,以这个凶手而言,作案手法略显草率,让人有些怀疑。毕竟,凶手可是拥有可以远程操控的炸弹的,却偏偏不使用炸弹杀人,这是因为凶手十分遵守本格推理的规则,所以我觉得凶手使用下毒的方式来杀害秋罗先生实在是有些奇怪。于是我想,凶手在酒里下毒也许另有目的。为了解开这个谜题,必须先思考出凶手的作案动机。"

没有人说话,大家都一动不动地认真听着冈的话。

"秋罗先生也被杀害,亚我叉老师的四个子女就全部死亡了。虽然真的是非常悲伤的事,但凶手的动机一目了然。凶手对兄妹四人怀有极强的杀意,而其中关键就如昨天问大家的问题,是十五年前亚我叉老师的助手橘三八子小姐在亡灵馆死亡的事件。正如秋罗先生的遗书所写,三八子小姐的死亡既不是意外也不是自杀,她是被杀害的——被春磨先生、夏妃小姐、秋罗先生和白雪小姐杀害的。"

风翻开春磨持有的诡计笔记展示给众人看。

"这是春磨先生从亚我叉老师那里继承的诡计笔记,最后一页上写着并没有在小说中使用的亡灵馆的诡计,而且上面全部都打了叉。用软件调查后可以确认,这就是春磨先生的笔迹。而且,每一条诡计的末尾都写着四个字母之一:S、W、H 和 F。"

这时羽贺开口:"Summer 然后 Winter……春夏秋冬!"

"我最开始也是这么想的,但是 H 无法被解释。而且,Summer 和 Spring 都是 S。不过我刚才注意到一件事,那就是春磨先生的宅邸在柏林。小魅子,能再说一遍德语里的春夏秋冬吗?"

魅子表情微妙地点了点头。

"春是 Frühling,夏是 Sommer,秋是 Herbst,冬是 Winter。"

"谢谢。这样一来,首字母就是 S、W、H 和 F 了。这个诡计是为了在亡灵馆杀害三八子小姐,四个人一起想出的方案。"

"但是,全部都被打上了叉,对吧?"右田问道。

"应该是因为全都不太现实吧。并不只有春磨先生和白雪小姐没有想出本格推理诡计的才能。四人的方案全都无法使用。"

"但是,最终是骗过警察的完美犯罪,对吧?"广海凑近了一些。

风看向豺。"豺先生,你告诉过我制造完美犯罪最简单的方法吧,能不能也告诉大家?"

豺仿佛察觉一切般点了点头。"方法就是不使用诡计。"

"什么?"

所有人同时看向豺。

"也就是说,四人让三八子小姐从井口向下看,这时有人从背后把她推了下去。仅此而已。"

"怎么会……"右田大喊着。

"就算警察来了,四人也只要串通好,一问三不知就行了,只需要不动摇的决心和不背叛的信赖罢了。只要不使用低级的诡计,就不会留下任何证据。刑警就算再怎么怀疑是那四人作案,也只能疑罪从无,无法定罪。"

冈也点点头。

"兄妹四人为了防止遗产的一半被三八子小姐夺去,各自思考诡计并相互交流了一番。然而,由于想出的诡计都太过复杂,他们只好放弃使用诡计,直接将三八子小姐推下井。原本关系很差的四人能够不争不抢地分配好遗产,也是因为这起事件吧。虽然有些讽刺,但信赖正是从共同的罪行中产生的。"

所有人都沉默着看向地面。

"然后,凶手知道这个事实,痛恨四人,从而产生了杀意。"

"但是,那个三八子小姐不是没有亲属吗?"琉夏抬起头。

"刚才右田小姐想起一件非常重要的事。三十多年前,三八子小姐可能产下了亚我叉老师的孩子。"

"什么?"众人都非常惊讶。

红叶一脸不安地抬起头。"也就是私生子?"

"是的。那个孩子……也就是亚我叉老师最小的孩子,向兄妹四人复仇了。"冈点点头。

右田颤颤巍巍地站了起来。"老爷确实天性好女色,这并不是什么值得惊讶的事。所以老爷才会在遗嘱中将遗产的一半分给三八子小姐。"

"但是,为什么要给一半那么多?一般来说应该五等分吧?"魅子问。

右田闭口不言,换成冈回答道:"是啊,真是不可思议呢。"

而且，还有好几个疑点。首先，在《亡灵馆杀人事件》中，假装成亡灵的凶手名为都子。虽然汉字不同，但作者一般会将助手的名字用在凶手身上吗？"

"那个不是偶然吗？"

"不，亚我叉老师作品中的登场人物向来有特殊含义，更别说是凶手这么重要的角色了。另外，其实我一直以为亚我叉老师是位女性，总感觉作品有种细腻感，颇有女性气息。我在凤凰馆面试时讲了这件事，还被秋罗先生笑话了一番。当时红叶小姐也在现场，对吧？"

"嗯，大家都笑了呢。这怎么了吗？"

"被豺先生说过好几次了，我还真是个笨蛋啊。但是，那之后我立刻被录用了哦。我感觉有些不可思议，于是想到，其实三八子小姐会不会真的是亡灵呢。"

"什么？"众人被这话惊得措手不及，看向风。

"你的意思是并不存在这样一个人？"广海说道。

"怎么可能？你在说什么呢？我可是和三八子小姐在一起很多年——"右田大声说道。

风打断了她。"并不是那个意思。"

"那是什么意思？"广海追问。

风有些感伤地看着他，说道："亡灵。也就是，影子写手。①"

"怎么会……"右田瘫软着坐回摇椅中。

风边走边说道："确实很难以置信，对吧？但是这样一来，一切就都说得通了。"

---

① "亡灵"为ゴースト（ghost），"影子写手"为ゴーストライター（ghost writer）。

她在书架前站定，将《凤凰的肖像》抽了出来。

"这本书研究了亚我叉老师是不是原本就想成为作家，因为他明明是作词家，却取了游劫作为笔名。我是这么认为的，游劫老师虽然一直梦想成为作家，却写不出好故事。但他很擅长编织优美的辞藻，所以作为作词家取得了巨大的成功。那时，他发现助手三八子小姐十分有创作才能，而且是——本格推理小说的创作才能。所以他辞去作词家的身份，改名为亚我叉，利用三八子小姐成功作为作家出道。秋罗先生是不是知道这件事，所以觉得将亚我叉老师误认为是女性作家的我不只是个单纯的笨蛋，才雇用了我呢？"

"确实……面试后，他还夸你直觉敏锐。"羽贺说道。

"改名为亚我叉，当然是因为这个名字作为推理小说作家更能走红。但还有一点，会不会他自己也埋下了'这个名字的背后有一名女性'这个伏笔呢？"

"不对。但是，怎么可能？不可能有这种事！"红叶尖叫着。毕竟她十分崇拜亚我叉，崩溃也情有可原。

"还有其他证据。亚我叉老师好女色，曾多次结婚又离婚，让三八子小姐怀孕也是在与白雪小姐母亲有婚姻关系时的事。从亚我叉老师的秉性来看，大家不觉得他应该会让三八子小姐辞去助手一职吗？再怎么说，他也应该会将那个孩子作为养子送出去吧？但是在这样做之前，他并没有让三八子小姐从身边离开。那是因为，对亚我叉老师而言，三八子小姐是绝对必要的存在，因为写出奥入濑龙青系列的正是三八子小姐。这样想来，将一半的遗产留给三八子小姐，比留给自己孩子的还要多，也就合乎情理了。"

不留一丝反驳的余地，风继续说道："还有一点，虽然很失礼，但包括春磨先生在内，四兄妹是完全没有创作才能的。那亚我叉老师的基因去哪里了呢？与之相比，这次事件的凶手那巧妙的诡计……这才能并不继承自父亲亚我叉，而是母亲三八子小姐。这样大家还不能相信吗？"

红叶的瞳孔颤动着，但似乎说不出话。没有人反驳凤。

"凶手是知道这个事实的。他一定是从五年前去世的弥生小姐那里得知的吧。自己的母亲三八子小姐数十年被迫担任影子写手，不见天日地工作着。接着，亚我叉老师去世，她终于能得到一半遗产作为那辛劳工作的回报时，却被四兄妹杀害了。而且还是以与本格推理完全相反、将本格推理完全否决的，最现实的方法杀害。连我都能想象出凶手的恨意有多强烈。正因如此，凶手才要在母亲三八子小姐创造出的馆中，用正统诡计实现复仇。"

一片寂静。

海浪的声音穿过厚重的窗户传来。

凤喝了一口矿泉水，缓了一会儿后继续说道："而且，说到影子写手，白雪小姐的小说也是一样。那部小说是一个名为Happy的人写出的作品。那个人也就是手握夏妃小姐和秋罗先生的把柄，向白雪小姐建议敲诈他们的人。那个Happy一定就是三八子小姐的孩子，也就是杀害了四人的凶手。"

她如此断定，豹便问道："为什么能如此断言？"

"要想犯下这种程度的罪行，必须清楚掌握那四兄妹的情况。除了凶手以外，还有人手握那四兄妹的秘密什么的，真的会有这种巧合吗？"

豹什么也没说，看来是无法反驳了。

"为了复仇，所以才成了白雪小姐的恋人吗……"广海轻声嘟囔。

但风摇了摇头。"不对，不是这样的。只是秋罗先生、夏妃小姐和我都因为七个小矮人的事，误认为 Happy 是白雪小姐的恋人而已。白雪小姐说过恋人中并没有名叫 Happy 的人。她说，只是突然收到一个名为 Happy 的人的邀请，问她要不要署名成为小说的作者，而她同意了，仅此而已。我认为那是事实。"

"为什么会那么想呢？先成为恋人，再借由身份的便利进行各种调查，这样想才——"

风立刻回答了红叶的反驳。"Happy，也就是凶手，就在我们之中。也就是说，他是某位亲属。亲属隐藏身份，成为白雪小姐的恋人，这实在不太可能吧。"

"也有不是亲属的人在啊。"红叶这么说着，看向羽贺。

"说、说什么呢？不是我。"羽贺焦急地否定。

"的确，如果是羽贺先生的话，不需要隐藏身份也能成为白雪小姐的恋人呢。所以，我刚才说'我认为那是事实'。毕竟如果擅自确定的话，其他的可能性就会被排除掉了。"

"其他的可能性？"红叶投来怀疑的视线。

"是的。因为我怀疑在场的所有人。"风宣布道。

众人相互观察着脸色。

没有人开口说话。

"而且，认为 Happy 是白雪小姐的恋人的理由，不是只有七个小矮人的名字这一点吗？再说了，白雪小姐完全变成白雪公主什么的，是真的吗？"

"从前开始，就有那样的传言了……"从红叶的回答中已经感受不到方才的自信了。

"传言，对吧？只是周围的人那样煽动气氛吧？毕竟那个人有健康的日晒后的肤色，而且是金发。如果要当白雪公主的话，我觉得应该会像迪士尼电影里一样保持黑色头发和雪白皮肤吧。"

"虽然确实可能是那样……"红叶含糊着，一副犹豫不决的表情。

"不管怎么样，重点并不是那个。重点是，Happy是凶手，而且是在场的某一个人。"

众人齐刷刷看向冈。

"但是……那要怎么办呢？"琉夏站起身。

冈缓缓回到窗边，继续说道："好的，那么就进入最后的诡计说明吧。首先，我的疑问是，那么害怕被杀害的秋罗先生，为什么会离开房间呢？"

"啊，确实。"豸在绝妙的时机捧了个场。

"其次，鬼之间是完完全全的密室。门外站着我们所有人，窗户也只有羽贺先生打破的天窗，凶手是不可能逃脱的。铁门从内部挂上了门闩，绝对无法打开，连透光的缝隙都没有。不管怎么想，挂上门闩的都只可能是秋罗先生。"

"所以，果然是自杀吗？"广海问。

但冈坚决地摇了摇头。"不，是他杀。完完全全的密室这一点反而给出了提示。"

"什么意思？"琉夏问。

"我放弃了思考密室，转而想有没有不用进入密室就能将秋罗先生吊起来的方法。"

"那要怎么……"魅子颤抖着说。

"那时我想起了我和豸先生原本策划的白雪小姐的伪装杀人计划。"

"伪装杀人？"

"凶手在大家回房间之前，悄悄对秋罗先生提出了一个方案，比如'就算你幸存下来，如果不在这里将凶手抓住，此后也会一直有性命之忧。所以，将凶手引诱出来一举逮住吧'这样。"

"原来如此……"豹点了点头，看来立刻就理解了。

"要怎么做到？"广海追问道。

"解释起来太复杂了。那我来演凶手，豹先生演一下秋罗先生吧。"风说。

豹走到她身边，开始全力饰演秋罗。"要、要怎么才能抓住凶手？"扮演凶手的风用十分可疑的语调回答："秋罗先生先写一封遗书放在房间里，然后去鬼之间锁上门，假装上吊自杀。凶手肯定会趁晚上来到房间试图杀害秋罗先生，但发现秋罗先生不在房间里，只留下一封遗书。馆里适合上吊的场所只有一个，凶手一定会立刻来到鬼之间。铁门打不开，那么凶手应该会从小洞往里看，就会看见秋罗先生上吊的样子。但房间十分昏暗，你的脚边被戴着黑色鬼面的铠甲武士挡住了，凶手看不见，无法确认你是否真正死亡。聪明的凶手一定会怀疑这是伪装。那么他接下来要怎么办呢？不必说，唯一一个能看到秋罗先生脚边的地方只有天窗。凶手为了确认你是否是真正死亡，会爬上屋顶。因为如果不是凶手的话，应该会立刻将大家喊醒，所以独自爬上屋顶的必定是凶手。这就可以成为确凿证据，逮捕对方！"

风停止扮演，用自己的声线说道："就这样，凶手假装真正的凶手另有其人，让秋罗先生装死。能做到这个程度的话就简单了。"

"要怎么做？"红叶问。

"首先，凶手准备好凳子和绳子，布置好上吊所需的道具。做好准备后，他说：'挂上门闩在里面等着。听见凶手走上来的脚步声，就把绳子挂到脖子上装死。'然后凶手离开鬼之间。因为绳子垂下的地方是黑色鬼面的正后方，所以从小洞是看不见凳子的。'在凶手来的时候放松力气，让身体摇晃起来，看上去就会像是上吊了一样。'凶手应该是这么说的吧。秋罗先生听信了对方的花言巧语，从内部挂上门闩。那么，接下来凶手是如何行动的呢？我在鬼之间的榻榻米下面发现了一个小洞，与白雪小姐房间的天花板连接。这是一个极其简单的手法。凶手带秋罗先生去鬼之间前，事先将一根纤细但强韧的钓鱼线穿过这个小洞，藏在榻榻米下，并隐蔽地绑在凳子的凳脚上。然后，秋罗先生将门闩挂好后，凶手回到三楼。过了一会儿，凶手假装自己是来杀害秋罗先生的凶手，发出脚步声，再次顺着楼梯向上走。秋罗先生当然会按照计划，站上凳子，将绳子挂在脖子上，开始摇晃身体。凶手从小洞确认内部情况后，立刻来到白雪小姐的房间，拉动事先穿过天花板的钓鱼线。于是凳子被拉倒，秋罗先生也真的上吊死亡了。被拉倒的凳子撞到黑色鬼面，导致黑色鬼面的头有些歪斜。凶手用力一拉，就能将凳脚上的钓鱼线拽下来，直接将其回收。证据的话，只会留下一个三厘米的小洞，而且还在榻榻米的下面。一个完美的密室杀人就这样完成了。受害人还留下了亲笔遗书，不管是谁都会认定是自杀吧。最终，凶手为了确认秋罗先生的死亡去了四楼，回来的时候和我对上了视线。"

一行人目瞪口呆。

大家都一脸佩服地愣在原地。

"但是，一贯谨慎的那个人，怎么会被那种花言巧语所骗……"开口的是红叶。

风立刻回应:"那份谨慎正是这次事件的要点。有一件事情,希望大家还能想起来——白雪小姐手指的'三'和时钟的'八'。凶手为什么要留下这两个数字?毕竟,不被大家知道这是三八子小姐的复仇的话,能更简单地进行杀人吧?但是,凶手故意留下这个信息,正是为了将秋罗先生逼入绝境。想让他加入装死计划,就必须让他确信下一个目标就是自己。因此,凶手故意留下三和八的信息,让秋罗先生感到恐惧和不安。爆炸事件也是一样。他要让大家认识到凶手手上是有炸弹的,这也是计划的一部分。用炸弹杀人虽然卑鄙,但站在被不明凶手盯上的目标的立场来看,那份恐惧可是难以忍受的。"

风背对众人,盯着倒映在窗户上的凶手的脸。

"凶手极其聪明。引起爆炸,是为了让我们认为人偶被烧毁了,同时向秋罗先生暗示凶手随时可以杀了他。鸣响时钟,是为了让人目击掉落的人偶,并且宣告这是三八子小姐的复仇。真是巧妙的一石二鸟,每一个行动都有两种效果。另外,还有一个不可忽视的要点,那就是威士忌里的毒。这件事完全把秋罗先生逼入了绝境。"

"虽然多亏豺先生碰巧发现了,但如果当时没发现的话,秋罗先生不就那么死了吗?"广海说。

豺说道:"如果我没阻止他,凶手自己来阻止就好了。这很简单。"

"但是,那个人随时都在喝哦,单独一人时也有可能不小心喝下去吧?"红叶反驳道。

"对凶手而言,要是他真的就那么死了也无妨吧。"豺毫不客气地说。

风却摇了摇头。"不，凶手是完美主义者。所以，威士忌里并没有掺毒。"

"啊？说什么呢？确认酒里有某种强酸性物质的，不是你——"红叶说到一半忽然停下了。

"注意到了吗？只要是强酸性，什么物质都可以吧，毕竟没有人会亲自喝一口来试毒。夏妃小姐当时在鸡尾酒里挤了酸橙，对吧？厨房里还剩了好多呢。"

红叶缓缓低下头。

已经没有人反驳了。

魅子仿佛忽然想起一般，说道："所以，谁是凶手？"

"刚才解析了诡计，接下来就验证一下谁有可能完成这些诡计吧。"

风回过头，看向众人。

"以防万一，将不可能是三八子小姐的孩子的人也考虑进去吧。首先，我不是凶手。要说为什么的话，毕竟我刚才分析了那么多，也只能说我不是凶手。其次，豸先生在春磨先生被推下去时一直和我在一起，所以是不可能作案的。右田小姐也是，那个时候刚从二楼走上来。而且刚才右田小姐和我在一起时，从某处传来了'哐当'声。从时间上判断，那是凶手用钓鱼线将凳子拉倒的声音。所以右田小姐是不可能作案的。再说了，她还扭到脚了嘛。"

右田仿佛放下心般松了一口气。没有人表示异议。

"接着是琉夏和小魅子。春磨先生被推进海里时，两人算是比较晚到达现场的，快速穿过阳台回到房间内也不是不可能。但是，刚才我和凶手玩捉鬼游戏时，两人从琉夏的房间里走了出来。最开始我怀疑过琉夏是不是凶手，但是那时听见了关上房门的声音。虽然被凶手逃走了,让我很失落,但也有重大收获,那就是确认了他们二人不是凶手。"

魅子不动声色地握住琉夏的手。其他人似乎也被说服了。

"所以,凶手是三八子小姐的孩子这一猜想,变得更有力了。"

"还是不知道大概几岁吗?"魅子问道。

冈点了点头,看向右田,对方一副"终于等到了"的样子,站起身来。

"我想起来了!三八子小姐住院半年回来之后,我被她邀请,一起去看了《捉鬼敢死队》!"

"《捉鬼敢死队》……"琉夏复述了一遍。

"是的。身为幽灵代写的三八子小姐想看《捉鬼敢死队》,我认为并非偶然。真的很让人心痛。"

冈再次走向书架,拿出《吉尼斯世界纪录大全》。她翻开电影票房纪录的那一页,展示给众人看。

"《捉鬼敢死队》是在一九八四年的十二月上映的。"

"所以……现在是三十八岁。"右田看向众人。

"广海先生,你现在几岁?"冈这么问道。

众人的视线集中在广海身上。

"呃,三十八岁……"

"广海先生!你!"右田喊道。

"请不要太过草率。还有一个人也是同岁。"冈说着,看向红叶。

"我也是,三十八岁。"红叶脸色发青,"但不是我!Happy 是男的,对吧?"

"并没有人这么说过。春磨先生、夏妃小姐、秋罗先生,甚至白雪小姐都没有与 Happy 见过面,而且使用变声软件的话,很轻易就能将声音改为男声。"

"不是的!和我没关系!三八子小姐的事情我可不知道!人偶落下时我和豺先生在一起!"

豺立刻回应道:"的确如此。但是储物室里有许多架子,无法一目了然。而且房间深处有一个小窗,只是让绳子的钩子松开的话,在我没看见的角落也是能做到的。"

"不对,不是的!我什么都没干!对了,我丈夫被杀害时,我和魅子在同一个房间里睡觉呢!"

羽贺立刻插话说:"小魅子去了琉夏的房间,对吧?总之,即使是和家人在一起,不在场证明也是不成立的。"

红叶咬牙,发出一声呜咽,眼里饱含泪水。

此时,夙说道:"但是,是不可能的。"

豺点了点头,接着说:"第一起事件时,我们听到了春磨的叫声,在那之后立刻赶来的就是她和秋罗。就算在隔壁房间但也太过迅速了,凶手是不可能做到的。"

"对啊!我做不到!"红叶站起身,抓住这个机会滔滔不绝地说着,"广海先生,当时你是最晚赶来的吧!你就是凶手!你和夏妃小姐串通一气,杀害了春磨先生,对吧?"

"别开玩笑了!我什么也没干。什么三八子小姐,我从来没听说过!"广海否认道。

右田说:"但是,夏妃小姐被杀害时,广海先生在房间里睡觉,对吧?虽然有些失礼,但如果是你的话,轻易就能杀害……"

"不是的!我当时可是被下了安眠药……"

琉夏打断广海的大喊:"装出被下药的样子之类的,你轻易就能做到吧。"

风点了点头。"是啊。正如红叶小姐所说,春磨先生被杀害时,最晚从房间里出来的广海先生或夏妃小姐,将春磨先生推了下去——简单来想,这是可能性最高的。而且,比起其他人,广海先生能更轻易地杀害夏妃小姐,所以我也怀疑过广海先生。因此,搜寻夏妃小姐时,我才将自己和广海先生分在同一组。"

"对啊!当时我一直和她在一起!"广海张开双臂控诉着。

"是的。就算只是松开钩子,当时在我身边的广海先生也是无法做到的。而且客厅的窗户并没有打开。"

"那么凶手到底是谁?"琉夏愤恨地起身。身旁的魅子双眼含泪地盯着风。

风不慌不忙地看向右田。

"右田小姐,和三八子小姐一起看的《捉鬼敢死队》的内容,你还记得吗?"

"这个,内容实在是……"

"这样啊。那如果右田小姐和三八子小姐一起看的其实不是《捉鬼敢死队》的话,情况又会怎么样?"

"欸?"

"啊?什么玩意儿?违反规则了吧!"豹喊道。

"毕竟右田小姐也把福尔摩斯的第一部作品搞错了。那种程度的小错误,谁都会犯吧。"

"不对,我没搞错,肯定是《捉鬼敢死队》。"

右田走到风身边,从她手中抢过《吉尼斯世界纪录大全》进行确认。

"没错。是啊,我想起来了!四个男人背着像吸尘器一样的东西去打幽灵!"

"那是不是可以这样想,右田小姐和三八子小姐一起去看的,也许是另一部《捉鬼敢死队》?"

"另一部?"右田一脸不可思议。

琉夏忽然喊道:"是续作!"

"是的。我刚才翻了翻《吉尼斯世界纪录大全》,发现就写在旁边那页上——《捉鬼敢死队2》的相关信息。"

"第二部?怎么会……"右田惊讶地重新看向《吉尼斯世界纪录大全》。

"《捉鬼敢死队2》的上映时间,上面写的是什么时候?"

众人看向右田。她用手指在页面上查找,然后颤抖着声音说道:"一九八九年的……十一月……"

"也就是说……现在是三十三岁。"魅子补充道。

红叶大声喊:"是谁?!"

风缓缓转过头。

最终,她的视线落在了反光的银框眼镜上。

"羽贺先生,能告诉我你的年龄吗?"

"三十三岁。"

众人一惊。羽贺表情僵硬。

"羽贺先生,你大概通过某种途径知道了自己的身世,便怀疑三八子小姐的死是他杀,为了调查才进入凤凰馆工作。接着,你查清了三八子小姐是被四人杀害的。据说五年前去世的弥生小姐在病床上说过自己很后悔。你是不是在她去世前,听到了所有的真相呢?从那之后,你便寻找向四人报仇的机会。"

羽贺紧紧盯着风,缓慢地挤出声音。"真是荒唐的推理啊。刚才你自己也说了吧?凶手将挂在窗户外面的钩子松开,让夏妃小姐的人偶掉落下去。我当时和魅子小姐一起在地狱之间里,那里并没有窗户。我是不可能作案的。"

风立刻回话道："那只是打个比方而已。就算没有窗户,也有一个直通屋顶上方的洞,对吧?圣诞老人的御用通道。"

"烟囱吗?"豺大声说道。

众人倒吸了一口气。

"说什么呢,暖炉里可点着火啊?"

"如果是不可燃的绳子就没问题了吧。假装用火钳在暖炉里搜查,再将深处的钩子松开就好了。"

"不可能……你们已经忘了最初的事件了吗?"羽贺渐渐激动起来,"我的房间可是距离白雪小姐房间最远的一间,我将春磨先生推下去之后再立刻赶回去是不可能的!"

"是的,羽贺先生比我还早赶到。时间上是做不到——"琉夏附和着。

但风打断了他:"各位,是不是忘记了一件很重要的事?"

众人思考起来,没有人说话。只有豺轻轻点了点头。

"是吧?豺先生。"

"嗯。白雪房间的右边,就是春磨的房间啊。"

羽贺的视线略微动摇了一下。

"是的。所以他根本没有必要回到自己房间的阳台。毕竟已经掉进海里的春磨先生的房间里空无一人,他只要逃到隔壁然后立刻回到走廊上就可以了。"

所有人都将视线投在羽贺身上。

风继续说道:"爆炸发生前也是这样。因为羽贺先生一个人在食材库中,随时都可以离开去杀害夏妃小姐。"

"不对,不可能是我!凶手是知道你们的伪装杀人计划的吧?我不可能知道!"

"不，正因为你身为管家，才有可能知道。看春磨先生形迹可疑，你是不是在凤凰馆的府库里安装了监视器？当时我调查春磨先生的时候，你也立刻就发现了，对吧？"

"那是因为你在调查电话簿！监视器什么的我可不懂！"

"羽贺先生，第一起事件发生前，你说过看见我在阳台上，对吧？那你又为什么会来到阳台上呢？是不是在监视我们的动向呢？"

"都说了我只是出去抽烟的！"

"别再找借口了。从物理角度上来看，能够杀害四人的，除了你以外没有其他可能！"飙坚定地断言道。

但羽贺仍然强硬地否认："不管你怎么说，我都不是凶手。绝对不是！"

飙呼出一口气，坐在摇椅上。

"果然没办法像小说那样顺利进行呢。一般来说，这种情况下凶手就会认罪了。没办法，救援队和警察来之前，只能让你待在地狱之间里了。"

"我什么都没干，等警察开始调查就能证明。"羽贺嘴上继续否认，但看起来反而像是顺势而为。

大家都同意了飙的提议，豺和广海走向羽贺。他毫无抵抗地走出了客厅。

将羽贺关进地狱之间，从外部挂上门闩，飙确认那是货真价实的门闩后才返回客厅。

她喝着右田为她沏好的红茶，坐在沙发上。

就这么草草收场了。

现场如风平浪静的大海般，一片寂静。

仿佛安下心来后终于回想起了疲倦，所有人都十分安静。

14

"这结尾不知为什么,总让人感觉不太舒畅啊。"天亮前,风和豺一同离开场馆,在荒野上边走边说。

"现实和小说终究是不同的。"混杂着咖啡香气的气息,从豺的嘴中飘出。

看着那股白色气息,风才意识到外面的寒冷。然而,她的心情沉重得连那份寒冷都迅速置之脑后了。

"自己熟识的人是凶手,实在让人难过。我还想,要是忽然冒出一个像天狗馆事件中的我一样的陌生人,而那个陌生人才是凶手的话……"

"现实比小说更为残酷啊。"

"是啊,感觉心里仿佛还蒙着一层雾霭一样。这要是小说的话,我应该会像奥入濑龙青一样爽快地解决案件,之后和豺先生组队挑战下一个困难案件吧。"

"为什么我还得和你组队啊?饶了我吧。"

豺小口喝着罐装咖啡,朝着悬崖走去。

"也是哦。"

风跟在他身后,表情悲愁地眺望着海面。

她的眼镜因呼吸而起了一层薄雾,眼前的世界也模糊了。

"但是侦探比赛是你获胜了。那番推理实在令人折服。原来我才是华生。"豺从口袋中拿出一条卷烟,咬掉前端。

"豺先生,你真的那么想?"

"真的。虽然很不甘心,但不管怎么看都是我输了。"

豺心情愉快地点燃卷烟。这股略显刺鼻的香气真是有些久违了。

风看着卷烟前端的星火,停住脚步。"我还不那么认为。"

"还?"

"正确来说应该是,接下来才是我的胜利。你知道这是什么意思吧?"

她缓缓转头看向身旁的人。豺停住了动作。

风盯着他的双眼,摘下眼镜,说道:"真正的凶手是你,豺先生。"

缓缓升起的太阳,照亮了豺的脸。

"什么?"

"豺先生,你今年三十三岁,对吧?"

对方轻笑一声。"我可不记得我告诉过你年龄。"

"算一下就能知道了。因为豺先生在二十年前,作为初中一年级的选手赢了北海道的中学相扑大赛。"

"那又如何?你说了凶手是羽贺。"

"因为羽贺先生来问我,有没有什么他能帮忙的,所以我拜托他配合我演了一下。"

"演?你在说什么呢?为什么要干这种事……"

"被小魅子发现我已经找到凶手了,所以我想也许可以像奥入濑龙青那样宣布推理过程、指出凶手。而且,凶手遵守本格推理的规则，所以我想正面应战……"

"你并没有回答我的问题。为什么要将羽贺说成凶手？"

"就算是凶手，豺先生也是救了我两次的恩人，所以我不想在大家面前让你难堪。而且，我想最后和你一对一地较量。"

"有证据吗？"

"有，有一大堆呢。"

"说说看。"

风点了点头。

"羽贺先生是不可能将春磨先生推下去的。"

"为什么？"

"请回想一下。那时右田小姐在厨房，立刻就赶了上来，然后在快到三楼的时候摔倒了。她摔倒的地方是春磨先生房间的正前方。右田小姐也说了，她看见羽贺先生向现场赶去。也就是说，他并不是从春磨先生的房间出来的。"

"也可能是右田上来之前，羽贺就离开春磨房间回到了自己的房间。"

"不可能。因为春磨先生的叫喊声是在右田小姐摔倒之后才传出来的。凶手回到走廊，一定是在那之后。"风断定道。

豺默不作声。

"再说了，羽贺先生即使在府库里安装了监视器，也不可能知道我们的计划。最初的会议之后，春磨先生就去了柏林。豺先生你也说过吧，计划不可能有第三者知道。但是，如果凶手是豺先生的话就简单多了。我们的计划并没有暴露给他人，也没有替换假刀的必要，只要从一开始就将真刀放在床底下就好了。豺先生，虽然你给了春磨先生假剧本，给了白雪小姐真正的剧本，但是不是还有一份对我也保密的隐藏剧本呢？"

豹一言不发。

"隐藏剧本里的计划是，在春磨先生杀害白雪小姐后逃到阳台时将他推落海中。但是，由于我给白雪小姐的那本小说，计划被打乱，白雪小姐活了下来。因此，只有第二起事件——白雪小姐的死亡，作案手法粗糙。具体推理我之前已经说过了。"

豹一言不发。

"接着是第三起事件。虽然刚才没有人提出异议，但是春磨先生和白雪小姐接连被杀，夏妃小姐应该也颇为恐惧。在这种时候将她叫到阳台上然后进行杀害，我认为并不容易做到，更不用说凶手还是在无人目击的情况下完成了这起杀人。所以，最开始我怀疑的是广海先生或者琉夏。但如果是豹先生干的呢？你轻易就能办到，对吧？毕竟豹先生的房间就在夏妃小姐房间隔壁。"

此时豹开口了。"那又怎么样？虽说是隔壁，但你认为夏妃真会乖乖听我的话到阳台上吗？问话调查之后我们俩的对话你也听见了吧？那家伙可是对我抱有极大的敌意啊。"

"是的，夏妃小姐很戒备豹先生呢。但是，那份戒备是个圈套。是豹先生你在操控她的行动。"

"操控？"

"是的。"

风斜眼看着大海，缓缓迈步向前走去。

"在我的推理中，豹先生是凶手，也就是Happy。那么，豹先生知道夏妃小姐偷税漏税的事，向白雪小姐提议以此为把柄进行敲诈也是豹先生的主意。然后，在白雪小姐被杀害后，豹先生说过要解开手机让夏妃小姐看看对吧？这也是为了将夏妃小姐逼入绝境，故意在她面前这么说的。那其实是让夏妃小姐去偷手机的圈套。你当时说会花费大量时间，这也是一个重点，因为立刻解锁手机的话就没意义了，但也不能被认为无法解锁。豺先生用了一种绝妙的说法，将白雪小姐的手机带到自己房间里。在解锁的途中，你来到厨房，吃了些零食，说着要重新调查地狱之间就离开了，对吧？其实，那是说给在客厅里的夏妃小姐听的，言外之意是'趁现在就能偷出手机，删除偷税漏税的证据了哦'。夏妃小姐也知道豺先生房间窗户的锁坏掉了。豺先生，虽然你好像忘了这件事，是故意的吗？让广海先生喝下安眠药也是为了方便夏妃小姐偷手机。毕竟如果广海先生是清醒状态的话，她肯定会让广海先生去偷。总之，豺先生锁上房门，假装去了地狱之间，但事实上从自己房间藏到夏妃小姐房间的阳台上。毫不知情的夏妃小姐为了偷手机而来到阳台上的一瞬间便被击打头部。从阳台右端推下去的话，她便会落在栏杆内侧。豺先生下去，做好夏妃小姐是掉下来后头部落地的伪装工作之后，又去了地狱之间。在那之后，豺先生便远程引爆炸弹。关于凶手拥有炸弹这一点，如果凶手是豺先生的话，倒也能让人信服，对吧？"

豺一言不发地跟在风身后。

"人偶掉下去的时候，豺先生和红叶小姐在储物室里。那里有一扇很小的窗户。豺先生，你刚才自己也对红叶小姐说过，对吧？'只是让绳子的钩子松开的话，在我没看见的角落也是能做到的。'"

豺继续沉默。

"然后是第四起事件，秋罗先生被害。虽然刚才没有人对我的推理发出疑问，但也是因为刚才在场的大家都是推理狂热爱好者啦。现实是不可能进展得那么顺利的吧。一般来讲不会觉得很可疑吗？假装上吊来抓住凶手什么的，秋罗先生真的会听信这种花言巧语吗？再说了，秋罗先生难道没怀疑过豺先生是凶手吗？我对此感到疑惑，于是想起来了，凶手打算一石二鸟。"

豺依然一言不发。

"秋罗先生的威士忌里被下了类毒药物质的事件，不仅让秋罗先生认定自己确实成为凶手的下一个目标，也有让他认为某人是同一立场的伙伴的作用。由于豺先生阻止了秋罗先生喝酒，秋罗先生便误认为豺先生是救了自己性命的恩人。在他心中，豺先生就这么完全被排除杀人嫌疑了。还有一件很重要的事——豺先生是伪装专家。正因如此，秋罗先生才会接受装死这种不可靠的提议。如果提出这个方案的是像我这样粗心大意的少女，他肯定会立刻拒绝吧。而且，在天花板上开一个小洞再将钓鱼线穿过去之类的，如果没有事先做好准备，就真成奇幻故事了。从这方面来看，如果凶手是豺先生的话，就可以在平安夜的前一天做好准备了吧，毕竟当时你光让我去干杂活了。"凤吐出一口白气。

豺终于开口道："就这些吗？"

凤没有回答。

"的确，按照你的这些推理，我有作案的可能。但是你漏了一个最重要的问题——春磨被推下去的时候，我可是一直和你待在一起的。你刚才也这样说过吧。"

豺轻轻一笑，凤也跟着笑了起来。

"是的，这是最大的难题。不如说，我正是在这个问题上被骗到了，所以后面一直都很信任豺先生你。但是，我搞明白了。"

"说说看。"

"我在屋顶上发现的，并不只有鬼角上的划痕哦。我还发现屋顶角落的瓦片缺失了一部分，缺口正下方是白雪小姐房间的阳台。想起这件事后我便明白了。春磨先生也许并没有打算逃回自己房间的阳台，而是打算利用绳梯爬上屋顶。"

"为什么要搞得那么麻烦？"

"从最初开始说明吧。豹先生用无线通信器联系我说信号干扰器没电了之后，对春磨先生说'在天线被破坏前在房间内待命'。于是我打开门闩，和你一起走向屋顶。豹先生让我在里面等着，自己将事先设置好的绳梯散开，使其垂向白雪小姐房间的阳台。然后豹先生通过无线通信器对春磨先生下指示，说天线已被破坏，让他前去杀害白雪小姐。在那之后，等春磨先生到白雪小姐房间的阳台时，豹先生又下了一个指示，让他利用这个绳梯，杀害白雪后逃往屋顶。"

"就算真的下了那种指示，春磨为什么要遵循那么危险的逃脱方法？"

"让我注意到这一点的是羽贺先生。他在那天晚上看见我在阳台上。那个位置，从隔壁房间的阳台能看得一清二楚吧。所以，豹先生只需要对春磨先生说'夏妃小姐和广海先生在阳台上'。那二人的房间在紧邻春磨先生房间的右边，春磨先生一听就意识到不能回到自己房间的阳台了。而且，当时春磨先生在白雪小姐房间的阳台上，从那里看不见隔着一个房间的夏妃小姐房间的阳台。春磨先生正打算逃走，无法确认夏妃小姐是否真的身处阳台，所以才会遵从豹先生的指示，打算利用绳梯爬上屋顶。"

卷烟的烟袅袅升起。豹笑了。

"原来如此。就算是这样，我要怎么让他掉下去？听到叫喊声时，我和你在一起吧。"

"是被我用来当安全绳的塑料链条。豹先生将牢固的绳梯垂下去后，用塑料链条将绳梯的上端绑在门把手上。豹先生，你告诉过我，那个塑料链条的承重是十千克，对吧？事实上，链条确实因为我的体重裂开了，但没有脆弱到会立刻裂开。如果春磨先生只是抓住绳梯，绳梯另一端被向上拉起的话倒是没问题，但他将全部体重都挂在上面的话就完全不行。链条断开，他垂直掉入海中，肯定会叫出声的。瓦片缺失一部分，是因为与链条发生了摩擦。而且，从我手上夺走板斧将门破坏的也是豹先生，因此应该能做到等春磨先生落入海中，绳梯也沉入海里后，再进入房间。"

豹立刻说："绳梯会浮在海面上吧。"

"那或许是铁链梯子。"

"会发出巨响吧。"

"也是哦。我想起来了，我之前在豹先生家里被绑起来过，用一种又黑又重的绳子。那是渔业上用来沉海的绳子对吧？如果是那种绳子从屋顶上垂下来，就算掉下去时碰到栏杆也不会发出多大的声音。为什么经营米店的豹先生家里，会有渔业上使用的绳子呢？"

被逼问到如此地步，豹仍然没被牵着走。

"答案是，因为我家也从事渔业。我当时为什么要去破坏天线？是因为你把备用的干扰器放在船上一起炸掉了哦。就算我能操控夏妃和春磨，但可操控不了脱离常识的你。"

"是吗？"风立刻反驳道，"备用干扰器，真的在我的背包里吗？"

豹停下脚步。风也停了下来，回头看着他。

"是不是正相反呢？难道不是知道我将背包放在船上一起炸

掉之后，你才谎称准备了备用干扰器吗？本来就挺不可思议的，准备周到的豺先生，居然会忘记给干扰器充满电。不仅如此，小船上的电热睡袋也是一样。豺先生故意让电热睡袋没电，将我引到馆里。当时以为藏在椅子背后的我是老鼠也是谎话对吧？豺先生从一开始就计划利用我，才搞得像发生意外一般将我的存在暴露给所有人。让我打开地狱之间的门闩、春磨先生掉落时和我待在一起，都是为了制造充分的不在场证明。"

豺一言不发，抽卷烟的动作也停了下来。

"还有，虽然已经有不少证据，但就算单纯从作案可行性上来看，能完成所有事件的也只有豺先生。关于这个，也需要我从最初开始说明吗？"

"证据呢？"

"如果沉入大海的黑绳是原本在豺先生家米仓里的黑绳的话，上面应该有我的指纹，因为我当时用那个绳子将炸弹一圈一圈缠了起来。"

"就算如此，那个应该是难以沾上指纹的材料吧。"

"那样的话，请给我看看你的电脑。能解除白雪小姐手机密码锁定的病毒什么的，根本就不存在吧。"

"因为失败了所以我立刻删除了。保存病毒是很危险的。"

"那就请把干扰器拿出来吧。其实没电了也是谎话吧，是不是只是关闭电源了呢？现在立刻拿出干扰器，打开电源试试。"

豺闭口不言，紧紧盯着凤的脸。

"豺先生，请放弃吧。如果是本格推理的话，现在该到坦白的环节了。"

凤也盯着豺的脸，眼神坚定。

"豺先生一直坚守着本格推理的规则，对吧？酸橙是夏妃小姐使用过的，钓鱼线也就在储物室里，要是想处理掉的话应该轻易就能做到。故意告诉我塑料链条的承重，也是在遵守本格推理的规矩吧？埋下的伏笔十分精彩。而且……"

风渐渐激动起来。

不知不觉间，一字一句变得铿锵有力。

"将 armer idemura（阿尔玛·出村）打乱重组，就是 I am a murderer（我是凶手）。这不是从一开始就将自己是凶手这件事公之于众了吗？"

看着风的眼神一瞬，豺错开了视线。

他轻轻一笑，说道："精彩。"

风沉默地吐出白气。

"什么时候发现的？"

"也说不上是发现吧，让我感到奇怪的是覆盆子。"

"覆盆子？"

"嗯。我从屋顶上差点儿掉下去，豺先生来救我的时候，我从你身上闻到了一股酸甜的气味。虽然可能是因为晚饭时吃了覆盆子果酱，但我还是感到有些奇怪。豺先生身上居然会有好闻的气味……"

"瞧不起谁呢？"

"不是啦。那个时候我第一次注意到，豺先生一直没有抽卷烟。"

风垂眼看着豺手上的卷烟。

"那个卷烟的气味特别强烈，所以就算短时间没抽也应该会有气味残留。我失去视力的时候嗅觉增强了，对吧？但是完全没闻到卷烟的气味。所以我想，你应该有挺长一段时间没抽了，就有些在意。毕竟，豺先生可是穿着熊的玩偶服时都会抽烟的重度尼古丁成瘾嘛。于是我忽然想到，如果豺先生是真正的凶手的话，或许就会放弃抽烟。鬼之间和地狱之间都是密闭空间，如果在那里留下卷烟的气味一定会被我发现，所以……"

豺插话道："警戒你的嗅觉反而起了反作用是吧……"

他松手将卷烟扔到地上，用脚踩了个粉碎。

"服了。是我输了。"

即便听到他这么说，凤还是高兴不起来。

"能听我说完吗？"

凤将卷烟的碎屑仔细地捡了起来，塞进豺喝空的咖啡罐里。

豺点燃第二根卷烟，说："我在纳沙布长大。养母在我三岁时去世，所以我对她毫无印象。我从父亲那里得知自己是养子，但父亲也不知道我的亲生父母是谁。十年前他去世了，在那之后我便靠开米店维生。从我记事时起，书架上就摆满了凤亚我叉的书。和你一样，我也对那些书极其着迷，凭兴趣创作了一些剧本杀。几年前我忽然有了一个想法，想认真地找找我那一直想见的亲生父母。"

凤全神贯注地听着豺的话。

"我想着也许会有线索，就翻找父亲的遗物，在仓库深处找到一本破旧的存折。那里面记录了到我二十二岁为止，按月汇入的高额抚养费。我十分震惊，因为汇款人是凤亚我叉。虽然那家伙早就死了，但我还是着手调查。接着，我得知他好女色，多次结婚又离婚，便意识到我是那家伙的私生子。再深入调查，我就发现了仿佛追随着那家伙的步伐一般自杀的助手的存在。我觉得好像有些蹊跷，便开始调查四兄妹。于是，五年前，春磨的妻子因为癌症快要去世时，调查陷入僵局的我直接去疗养院问她了。弥生小姐流着泪将真相告诉了我,说我一定就是三八子的孩子,然后,将我母亲被迫当亚我叉的影子写手的事……"

无言以对。全都和冽的预想一致,却比想象中更让人痛心。

"母亲在和亚我叉外遇的关系中不小心怀上了我,据说被强烈要求堕胎,但她拒绝了。她第一次反抗亚我叉的命令,辞去工作,说从此要与那家伙断绝关系,独自生活下去。当然了,亚我叉是不会容许那种事情发生的。当时奥入濑龙青系列的第四部刚出版,评价和销量都正值最佳状态。于是,亚我叉好像提议说,要是我母亲想生下孩子的话,就将那个孩子送给其他人当养子,从此她继续为他写小说,等系列写出十部之后,可以让她辞职。他还与她约定,到了那时会将财产的一半分给她。母亲并无亲属,可能也没有能孤身一人养育我的信心吧。她和亚我叉定下约定,将我送了出去。据说,她从那之后便拼命创作奥入濑龙青系列。但亚我叉的监修十分严格,完成一部作品需要耗费两年以上的时间。结果,到亚我叉死去为止,她不间断地写了整整十七年。"

多么残酷的故事啊。仅仅是听着都感觉胸口闷闷的。

"亚我叉是如恶鬼一般残忍的人,却唯独遵守了和我母亲定下的这个约定,遗书里写着将遗产的一半分给我的母亲。母亲终于从痛苦中解脱,据说打算将我接回身边。她继承了巨额遗产,眼看着终于能将幸福抓在手中时,却被那四兄妹杀害了,而且还是用那种与本格推理正相反的愚蠢方法……"

豹看向冽的眼神中带有控诉的意味。

"你知道我有多悔恨吗?知道这件事后,我就决心要复仇。我要发挥从母亲身上继承而来的才能,将与我血脉相通的四兄妹抹杀，再将其打造为本格推理。"

风一句话也说不出口，连点头都做不到。

"我用尽一切手段，不惜代价，对四兄妹进行了彻底调查，于是各种暴行接连浮出水面。春磨明知道那不是亚我叉的灵感，却还是使用着我母亲想出的诡计写小说。夏妃逃税巨款。秋罗长年外遇。白雪养着众多恋人，卖掉矿山、用光钱款后，被钱所困。于是我想，也许能利用这一点。"

豹停了下来。

风终于开口："所以，你向白雪提议，敲诈夏妃小姐和秋罗先生——"

"不是。"

"欸？"

风抬眼看去。

"敲诈恐吓夏妃和秋罗是我的单独行动，只是为了让他们认为白雪是幕后黑手，才使用了 Happy 这个名字。"

"也就是说，白雪小姐其实并没有打算敲诈勒索？"

"她不会干这种麻烦事。首先，如果幕后黑手是白雪，你觉得她会用 Happy 这种显而易见的名字吗？"

"确实……啊，我没注意到这个。"

"我和白雪有所接触的，只有小说那件事。因为是用亚我叉留下的诡计写出的小说，我便问她要不要署名成为作者。说要给她版税的百分之七十，她可就立刻开心上钩了。然后，这惹怒了春磨。"

"所以从一开始你就打算向春磨先生复仇？"

"目标并不只有春磨，而是为了自身利益杀害我母亲的所有人。他们应该不抵触杀人，所以我期待着只要设下多个圈套，可能会有人主动动手。仅仅引发三个纠纷，春磨就行动了，这倒算我走运。"

"而且，还刚好是从亡灵馆找到的亚我叉老师的诡计，对吧？话说回来，豺先生是怎么知道那个诡计的内容的？"

"笨蛋。"豺笑道，"那是我想出来的诡计啦。"

"欸？"

"模仿亚我叉的笔迹简直小菜一碟。我在使用泰格的名义进行线上内部参观之前，先潜入亡灵馆，将笔记放了进去而已。"

"不得了啊。豺先生你真的不得了啊。"

"你未免太小瞧我了。然后，我在那时收到了邮件，问我能不能帮忙想一个诡计。那是鱼住发来的。"

"啊，所以才……"

"最开始，其实只是普通的剧本杀委托。但是，估计是看了我提出的诡计方案之后，鱼住觉得可行，便突然向我提出他想进行真正的杀人。一开始我是拒绝的。我不想引发多余的犯罪事件，而且失败的风险很大。但那家伙很真切地讲述了自己的想法，恳求我，说自己最爱的女性被推下站台惨遭杀害，希望能用本格推理的方式实现复仇。当时我想，和我完全一样啊。"

"等一下，所以那是诡计策划师的第一份工作吗？"

"果然还是没懂啊。你到底是天才还是蠢货……要是剧本杀也就算了，和真正的杀人相关的工作怎么可能真的成立啊？杀人就像婚礼一样的说法，连我都觉得是牵强的谎话，但你还真相信了。"

"我的天哪……"

冈抱住头。

"帮助鱼住复仇的话，也能当作我的复仇的预演。而且，由于地点是天狗馆，所以也想预测看看凤家人的思考方式会不会和他们相似。"

"欸，等、等一下。"风慌张地问道，"因为有我在，豺先生的存在才被曝光的，对吧？"

"有没有你都无所谓。就算鱼住的计划成功了，我也打算将那张卡片留在现场。毕竟那张卡片是否被发现，对鱼住的完美犯罪毫无影响。"

"卡片？"

"不是给你了吗？写着'我会将那起事件，打造成本格推理'的那张。"

"欸，那个是故意留下的吗？！"

"所以说你真的太小瞧人了。我怎么可能会犯那种低级错误呢？"

风仰头望天。

"哇……不甘心……"

"为了获取彻底的信任，最理想的发展是四兄妹中有人主动接触我，所以我特意使用与'鵺'相关的四个名字，好让凤家的人能注意到。结果，这个计划完美成功，春磨向我发来邮件，说想委托工作。"

"真的像奇迹一样……"

"是啊，就是奇迹。我还想过，可能是神和母亲帮了我一把呢。不过当然了，就算没能发生奇迹，我也准备了第二、第三方案。要是没有人主动接触我，那我主动接触他们就行了。我还做了最坏的打算，不再作为诡计策划师，而是换一个身份潜入。"

"啊……"

"但是那些计划都没必要了。春磨主动找到我，事情进展得很顺利，连我都觉得这是完美的剧本，但是……"

豼停了下来，看向冈。

"你的出现，扰乱了一切。春磨和我联系时你刚好在场，还识破了我身处何地，直接跑到我家去。"

冈毫不畏惧地反问道："但是，我怎么也想不明白。为什么豼先生当时会让我帮忙呢？"

"你的到来让我打从心底感到震惊，但同时觉得这是个机会。我当时说过'有个非常适合你的工作'，对吧？"

"对，是从凤凰馆的金库里偷出房产证，没错吧？但是，我说了自己是奥入濑龙青转世嘛，还成功找到了豼先生的位置，当时也算是作为名侦探崭露头角了吧？觉得让那样的我参与计划也无妨吗？我认为，就算不冒那么大的风险，豼先生应该也能做出伪造的房产证。"

"别太自大了。我完全没觉得你是什么危险人物。"

"啊？"

"能揭露鱼住的作案手法，只是因为你刚好用手机拍到了而已。你本人无论怎么看都是个粗心大意的大笨蛋。我不知道你有多大能耐，但是把你关进米仓，假装引爆炸弹之后，你立刻就放弃了，还悠闲地读起了小说。就算加上找到我家这件功绩，你也是个不折不扣的大笨蛋。我从没觉得你居然真的有能与龙青媲美的才能。"

"原来如此！"冈喊道。

"说的就是你现在这样……"豼忍不住说道，"而且偷房产证只是个幌子，我真正想偷的是其他东西。弥生小姐说过，母亲的笔记应该在凤凰馆的金库里。"

豼的表情变得严肃起来，他从外套的内侧口袋中拿出一本老旧的笔记。风接过笔记，将其翻开，里面全部都是小说的创作灵感。

"亚我叉的诡计笔记只是从这里摘录了一些能用的点子。这本笔记是我母亲创作了全部小说的证据，所以我一定要弄到手，绝对不能失败。我利用你，就是为了把它偷出来。"

笔记中的字迹与凤亚我叉潇洒的字迹截然不同。毫无缝隙地挤在一起的每一个文字，都透露出三八子小姐奋力写作的心血。风感受不到丝毫构思小说的愉悦，笔记传达出的只有焦躁和苦恼。

风翻开最后一页，发现里面夹着一张褪色的胶片照片，画面中是在凤凰馆府库中写作的三八子小姐。

豹沉默不语，双眼深处藏有如深渊般的黑影。

其实比起证据，他更想亲眼看看三八子小姐的面庞吧。

豹先生，有多想见见妈妈啊。

风一想到这儿，就觉得苦闷。

她将笔记还给豹，对方却没有接过笔记，而是说道："还有其他理由。听了你那打算让白雪装死的莽撞计划，我突然有了主意。只要装成白雪的恋人，就能轻易进入凤家了吧。"

"但是，像鱼住先生的事件一样，从外部悄悄实施计划更为可靠吧？"

"最初我确实是那么打算的。但是啊，亲眼看见出现在天狗馆中的你时，我意识到，那样就不是本格推理了。"

"谜底其实是有个不为人知的凶手藏了起来，推理难度未免太高了点儿。豹先生始终还是对这一点很有讲究啊。"

"我意识到，只有不使用卑劣手段的复仇才有意义。然后，为了创造不在场证明，我将你卷入事件中。"

"真是贯彻始终啊……"

风从心底感到敬佩。

"还有一个让你帮忙的理由。"

"是什么？"风问道。

豽低声说："因为，你说自己是奥入濑龙青转世啊。"

风没能回应。

微风吹拂，发丝轻飘。豽的头发也微微摇动着。

"小说人物的转世，真是愚蠢的想法。但是，我很高兴。母亲创造出的奥入濑龙青居然被如此热爱着，仿佛真的在这个世界中存在过一般，让我感到很高兴。"

豽的双眼看上去有些湿润。

"我也想和你一决胜负。结果却是这副丑态。"

他轻笑一声，抽起了卷烟。烟犹如融化在空中一般随风飘散。

虽然豽坦率地承认是自己输了，但风丝毫高兴不起来。而且她还有一些不解之处。

"要是我没能识破诡计，豽先生打算怎么办呢？应该不会像鱼住先生一样找人顶罪吧？"

"因为秋罗写下遗书后自杀，母亲是被四兄妹杀害的事实也会被公开，对吧？但是，没有人——甚至连警察都无法找出真凶。我打算在真实身份被识破之前远走高飞，写一份告发文件，将亚我叉的小说是我母亲写的这件事告知世界，还会在文件内写下'她的孩子用完美犯罪进行了复仇'。"

"那种结尾……作为本格推理的话可是无法被接受的。"风说道。

豽则轻声回复："这个世界本就是不合理的。无法被接受的事太多了。"

罕见的、并不有力的话语，或许饱含着对三八子小姐的思念吧。冚一时愣住。

她与豺一同眺望了一会儿大海后，说道："那么，走吧。"

"去哪儿？"

"离开小岛，去自首。把小船的钥匙放进我的背包里也是谎话，对吧？其实是你自己拿着的吧？"

"对了一半，错了一半。"

"什么意思？"

"正确答案是，我没有钥匙。扔掉了，和阿尔玛的假发一起扔进海里了。"

"欸，为什么啊？"

"要让我说几遍？都说了是为了制造真正的暴风雪山庄模式，和你光明正大地一决胜负。"

"这样啊……那就只能等救援人员和警察来了。"冚失望地耷下肩膀。

豺冷笑道："你果然是个笨蛋。有什么策略吗？"

"策略？"

"你真的觉得我会就这么等着被抓吗？我是故意和你搞好关系的。多亏了你没在所有人面前说出真相，还满不在乎地在这里和我对峙。我告诉过你达成完美犯罪的方法吧？我现在就能轻易杀了你。只要把你从这里推下去，这场复仇戏码就能变成完美犯罪。"

豺表情大变，是冚从未见过的眼神。

凶恶又纯粹，正如豺狼一般。

冚毫不回避视线，说道："不，不行啊。没那么简单。"

"哪里不简单？这种情况下，你觉得我会让你活下去吗？"

豹向她逼近，但风毫不动摇。

"是的。因为豹先生，你在和我玩捉鬼游戏的时候拿的是鬼面具嘛。"

"那又如何？"

"旁边明明就是板斧。再怎么是完美主义者，陷入那种危急时刻，一般肯定会选择板斧吧？那样就能直接杀了我了事啊。豹先生却拿了面具。"

"用板斧杀了你的话，血会溅得到处都是，而且你大喊大叫引来其他人的话我就完了。连这种事都想不通吗？"

"那为什么不选金太郎的面具，而拿了鬼面具呢？豹先生果然还是心存善念，做不到杀掉其他人的。"

"想太多了，只是鬼角方便拿而已。"

"话说回来，豹先生还救了我对吧？而且救了两次。"

"是啊。要是在天狗馆的时候没有阻止鱼住，要是你从屋顶掉下去的时候没有出手，我现在就会在这里独自举杯庆祝。那是一时鬼迷心窍了。正因如此，我不会再犯同样的错误。"

豹又向风逼近一步。她身后就是悬崖峭壁。

但风毫不惧怕地说道："是谎话哦。那可不是什么一时鬼迷心窍。"

"什么……"

"鬼迷心窍的，是这场复仇！救了我的命的豹先生，才是真正的豹先生！"风反而向豹逼近一步，目光炽热地宣告着。

豹一言不发。

他俯身紧紧盯着风，微笑着说："这是第三次了吧。"

"不，只有两次哦。一开始就没打算杀我吧？"风答道。

豹一脸不甘地看向大海。

太阳逐渐升起。
宣告天明的阳光穿透清澈的空气。
两人盯着闪闪发光的水面看了一会儿。
"啊……真漂亮。但果然还是好冷。差不多该走了吧。"
豹点点头，风转身往回走。
听见身后沙沙作响，她转头，发现豹站在悬崖边上。
"等、等一下！你在干什么？"
"我也明白自己做出的事有多沉重。不管能否完成完美犯罪，我都早已决定，等一切结束就去母亲身边。有你在的话，也没必要写告发文件了。"
那副表情与刚才的威胁不同。
目光十分清澈。
看得见里面包含着的认真。
风毫不犹豫地向他走近。
"豹先生，即使憎恶罪恶、憎恶他人，也不要憎恶生命。"
"奶奶说的话吗？那也是蠢话啊。"豹恶狠狠地说道。
"才不是。"
"是吗？但我可并没有遵从这个忠告，杀死了秋罗。我憎恶罪恶、憎恶他人、憎恶生命，杀死了那四个人。"
"是的。所以我憎恶这份罪恶，也憎恶你。但是，我并不想要憎恶你的生命。豹先生也是这样。憎恶他人、憎恶自己都无妨，但是不能憎恶自己的生命哦。"风双眼湿润，用尽全力劝阻着。
"你是毫无关系的陌生人，所以才说得出这种话。"

"也有正因为是陌生人所以才说得出的话。"

"谁管你啊。我自己的命就随我处置吧。"

豻朝悬崖走近一步。

"不是的。"

冈也跟近一步。

"啊?"

"豻先生的生命并不是豻先生的东西。"

眼泪从冈眼中流出。

豻闭口不言。

"明明是三八子小姐孕育出的非常非常珍贵的生命啊。"

豻紧紧盯着双眼通红的冈。

"你觉得你这样做,三八子小姐会高兴吗?"

豻移开视线,背对着冈。"真是俗套的说辞啊……你又知道些什么?"

"我知道的,三八子小姐的心情。"

"别再多管闲事了。你给我适可而止!"

"做不到!"

冈抓住豻的手臂,冻僵的手指紧紧掐着肌肉。豻试图甩开,但冈不松手。

"有一件刚刚忘记说了的事。"

豻微微回头。

"三八子小姐在《亡灵馆杀人事件》中,给凶手命名为都子。她总会赋予登场人物的名字以特别意义。这样的话,为自己的孩子取名时,她应该赋予了更加特别的意义。"

豻沉默地移开视线。

"然后,我发现自己犯了一个天大的错误。西山隆盛这个名字，我受到西乡隆盛的影响，一直念作 takamori。但是其实不是这样念的，对吧？"

豺屏住呼吸，看向风。

"正确的念法不是 takamori，而是 ryuusei[①]。这就是孕育出奥入濑龙青的三八子小姐，对不得不与自己分开的孩子寄予的念想吧。"

风拂去快要冻住的眼泪，吸着鼻子继续说道："你应该已经注意到这一点了。奥入濑龙青转世，并不是我。豺先生，不，龙青先生，是你[②]。"

豺一言不发。

他沉默着，再次背过身去。

豺静静地垂下视线。风知道他在哭。

但是——

但是，已经没事了。

风这么想着。

龙青是不会逃跑的，会正面偿还自己犯下的罪。

"刚才提到过，如果是小说的话，事件结束后我们应该会组成侦探搭档，对吧？这个可能性还是存在的哦。"风换了个语调。

豺就这么背对着她，抬起了眼睛。

"以后，如果我在推理时遇到困难，就会去监狱问豺先生的建议，然后就这样解决一大堆事件。叫什么来着？不是有个这样的电影吗？"

"蠢货。那得是天才的一方进监狱才能成立。疯狂的天才，

[①] 日语中"隆盛"的训读为"takamori"，音读为"ryuusei"。
[②] 日语中"龙青"的音读为"ryuusei"，与"隆盛"相同。

汉尼拔·莱克特是你。"

"啊……的确如此！那就我进监狱吧……啊不行不行。"岚敲了敲脑袋。

听到豹的声音恢复了原样，岚便安心下来。

"喂，你懂不懂啊？现在这种情况，要是在电影里的话，应该是一片沉默，只留下海浪的声音，然后落幕。叽叽喳喳地吵什么啊？给我像羔羊一样沉默啊！"

"羔羊？那是什么？"岚探头看豹的脸。

豹深深叹了口气，迈出步子，却不是朝向悬崖，而是鬼人馆。

"豹先生，"岚喊住他，"我还有最后一件想问的事。"

她的语调十分正经。

"什么？"

"七个小矮人中，为什么选择了Happy呢？"

豹站着不动，一言不发。

"那其中也有什么含义吗？"

豹没有回头，说道："想多了。"

远去的身影让人感觉有些弱小。

已经没有野兽的气息了。

15

紧紧盯着樱花飘散的那一瞬间。

从前只会觉得那花瓣艳丽，现在却不禁感受到几分虚幻。

尽全力活着，而在散落时闪耀最大光辉的樱花，其命运悲切，因此才美丽。

真想成为能有这种想法的大人啊。风心不在焉地想着，踏着铺满花瓣的地毯，在林荫路上小跑起来。

肯定做不到。不管怎么看，樱花就只是美丽而已。春天是开始的季节，我也没有忧郁的闲暇。

距离那起事件已经过了三个多月。

豺主导的复仇戏码，不仅在日本，在世界范围内都引起了话题。诡计等细节虽没有公之于众，但供媒体报道的素材已经足够多了。电视、杂志和网络新闻上正细数声名显赫的家族的罪恶，犹如研究本格推理般享受着探案过程。

然而，没有人知道，有一名解决了事件的名侦探存在。

风拜托凤家人不要提到自己的名字，豺则以自首为由被警方逮捕。

犯罪动机已然公布，网络上尽是拥护豺的声音。社会中抨击凤亚我叉和他的四个孩子，崇敬已故的三八子的舆论不断高涨。

因偷税漏税被起诉的凤文艺社站在非难的风口浪尖，但广海没有逃避，出任社长一职。说不定没有夏妃在身边，他反而觉醒了。凤文艺社回收了所有流通于市场的亚我叉的十部作品，着手将全部作品修订为橘三八子的著作。虽然目前公司资金十分紧张，但由于亚我叉的功罪世界闻名，能够预测修订版的销售或许会爆炸式增长。

红叶关闭凤凰馆后，凤文艺社迁到馆内，红叶就任副社长。她担任广海的助手，为了能让三八子早日安息，工作气势十分勇猛。

羽贺也接受红叶的邀请进入公司。由于他在本格推理上造诣颇深，所以作为编辑，目前似乎正酝酿全新的作品。

右田在变成公司办公楼的凤凰馆馆内工作的同时，在府库前建造了三八子的纪念碑。虽然大家希望建在公司内，但她坚持要自费建造。那块石碑背后雕刻着小小的《捉鬼敢死队》的标志，这是只属于右田和飒的秘密。

琉夏跟随广海一同搬进凤凰馆的别馆，他还考上了艺术大学的电影专业。他虽然说过想从事电影相关的工作，现在却改变了想法，下定决心要独立导演一部本格推理电影。

魅子想要证明才能与血脉无关，开始尝试创作推理小说。她邀请飒一起创作，飒同意了。但飒建议也邀请琉夏时，魅子却笑着说没必要。魅子升上高中后，似乎有了其他喜欢的人，已经和琉夏分手了。看着若无其事地说着话的魅子，飒真实地感受到了亚我叉的血脉，顿时有些毛骨悚然，却不能和任何人分享这个秘密。

* * *

　　快步掠过路旁的樱花树，冈跑进大大的公园内。登上台阶后是一片住宅区，角落的民房前停着一辆移动餐车。那便是冈启程的地点。

　　冈向众人表示自己要离开凤凰馆时，受到了红叶和右田的挽留。二人说馆内工作繁忙，希望冈能留下帮忙，但冈道谢后拒绝了。

　　因为她多次目睹死亡，明白了人生的终点可能会突然到来。

　　冈新年一早便前往驾校集训，撞了六次车后终于拿到了驾照。之后她买了辆二手车。这辆移动餐车是羽贺的熟人便宜转让给她的，似乎原本用于贩卖珍珠奶茶。

　　当然了，冈既没有卖珍珠奶茶的打算，也没有烤章鱼或者鲷鱼的计划。

　　她拆除了灶台和冰箱，搬了个小沙发和圆凳进去，还设置了一个小型书架。

　　虽然空间只有两块榻榻米大小，但作为贩卖窗口的窗户很大。整体窄小得恰到好处，反而让人身心舒畅。她认为，这种封闭的狭小空间对于听取委托而言恰如其分，也可以随时更换据点。不仅可以直接前往客户身边，最重要的是，还可以月租三万日元租下东京都内的黄金地段。

　　冈自诩这个主意实在巧妙，便将刚做好的广告牌贴在窗户旁边。

　　雪白的底色上写着潇洒的宋体，比樱花还要赏心悦目。

　　虽然她犹豫要不要使用"音更"作为名字，但受到大家鼓舞，便一鼓作气定下了这个名字，倒也觉得不错。

奥入濑侦探社。

包含着种种含义的这个名称，在春日的阳光中闪耀着。

一定是日本最小的侦探社吧。能够移动的事务所，说不定是独一无二的。

不停奔跑，为了能够成为像奥入濑龙青一样的侦探。

她在心中发誓。

虽然飒既没有金钱也没有人脉，但想想豺的执念，便觉得世上没有做不到的事。

飒披上深蓝色的双排扣风衣，得意扬扬地等待委托人的到来。

然而，一个客人都没有。

开业第一天，她从早到晚一直在同一个地方等待，但是向她搭话的只有一个小女孩。

因为小女孩对她说"请给我可丽饼"，导致飒真的考虑要不要改行卖可丽饼。

不行不行，这怎么行？飒将差点儿就买了的平底锅放回货架。

不说杀人事件，外遇调查、品行调查之类的也可以啊。寻找猫猫狗狗，就算是老鼠也行啊。

飒制作传单，到处派发。大人、小孩、老人，甚至连猫猫狗狗都是她的潜在客户。

但是，无论她怎么等，都没有客人上门。

于是她来到附近的动物园，在互动园区内抱紧了一头小猪。

来到东京以后，每当感到失落时飒都会这么做。就算不开口讲述自己的烦恼，猪也一定会接受凤的一切。小猪身上的香味让凤重新充满生命力。

连小猪"哄咪"的叫声，在她听来都像是"动笔"。

凤跑回事务所，拿起放在书桌上的笔。

主角就是自己——名为音更凤的超级可爱的侦探。如果能写出有趣的本格推理小说的话，应该能在凤文艺社出版吧。要是世人发现小说中的名侦探真实存在，委托一定会蜂拥而至。凤胸口堆满期待，但面向稿纸时她不禁感到胸口一疼。

豺带着的那张照片中，三八子在写作时的认真表情浮现在凤的脑海里。

如果她没被杀害的话，从亚我叉手中解脱，一定会创作出更多更多名作吧。说不定会被称为推理界的新女王。

然后，继承了那副才能的豺先生也会出人头地吧。他不会将巧妙的诡计运用在犯罪上，说不定会将其写进推理杰作呢。

这样想着，内心便郁闷起来，凤的手也停了下来。

她白天分发传单，太阳下山后便坐在桌前写作。日复一日，但客人和灵感都没有到来。

别说本格推理的设定了，能想出诡计都简直是白日做梦。总是积极向上的凤在这件事上却毫无头绪。

思考诡计和解开诡计，使用的似乎不是同一个大脑。

"告诉我几个好诡计吧。"

她给在拘留所的豺写了封信，几天后便收到了回信。

"我没有成为影子写手的打算。"

真是颇有豺风格的回复啊，凤想着。

虽然是非常冷酷无情的回信，但看了最后一句话后，凤明朗地笑了。

推理小说中，名侦探是不可或缺的。谢谢你让本格推理成立。

SONO SATSUJIN, HONKAKU MYSTERY NI SHITATEMASU.
© SHOH KATAOKA 2022
All rights reserved.
Original Japanese edition published by Kobunsha Co., Ltd.
Publishing rights for Simplified Chinese character arranged with Kobunsha Co., Ltd.
through KODANSHA BEIJING CULTURE LTD. Beijing, China.
Simplified Chinese edition copyright: 2025 New Star Press Co., Ltd
All rights reserved.

著作权合同登记号：01-2024-4761

图书在版编目（CIP）数据

诡计策划师 /（日）片冈翔著；周煜译 . — 北京：新星出版社，2024.12（2025.5 重印）. — ISBN 978-7-5133-5786-9

Ⅰ . I313.45

中国国家版本馆 CIP 数据核字第 2024SM9953 号

午夜文库
谢刚 主持

诡计策划师
[日] 片冈翔 著；周煜 译

责任编辑	曹晓雅	特约编辑	郭澄澄
责任校对	刘 义	责任印制	李珊珊
装帧设计	王柿原	贴纸插画	低俗实验室

出 版 人　马汝军
出版发行　新星出版社
　　　　　（北京市西城区车公庄大街丙 3 号楼 8001　100044）
网　　址　www.newstarpress.com
法律顾问　北京市岳成律师事务所
印　　刷　北京天恒嘉业印刷有限公司
开　　本　910mm×1230mm　1/32
印　　张　8.125
字　　数　120 千字
版　　次　2024 年 12 月第 1 版　2025 年 5 月第 2 次印刷
书　　号　ISBN 978-7-5133-5786-9
定　　价　49.00 元

版权专有，侵权必究。如有印装错误，请与出版社联系。
总机：010-88310888　　传真：010-65270449　　销售中心：010-88310811